北岳·中国文学年选

（丛书主编：续小强　王朝军）

《名作欣赏》杂志鼎力推荐

权威遴选　深度点评

中国最好年选

邰筐◎主编

2019年 诗歌选粹

Selected Poems

山西出版传媒集团
北岳文艺出版社
·太原·

图书在版编目(CIP)数据

2019年诗歌选粹 / 郃筐主编. —太原：北岳文艺出版社，2020.1

(2019·北岳·中国文学年选 / 续小强，王朝军主编)

ISBN 978-7-5378-6121-2

Ⅰ. ①2… Ⅱ. ①郃… Ⅲ. ①诗集－中国－当代 Ⅳ. ①I227

中国版本图书馆CIP数据核字(2020)第015086号

书名：2019年诗歌选粹	策　划：王朝军	责任编辑：王朝军
主编：郃　筐	项目统筹：赵　婷 高海霞	书籍设计：张永文
		印装监制：郭　勇

出版发行　山西出版传媒集团·北岳文艺出版社

地　　址　山西省太原市并州南路57号

邮　　编　030012

电　　话　0351-5628696(发行部)
　　　　　0351-5628688(总编室)

传　　真　0351-5628680

网　　址　http://www.bywy.com

E－mail　bywycbs@163.com

经 销 商　新华书店

印刷装订　山西人民印刷有限责任公司

开　　本　787mm×1092mm　1/16

字　　数　330千字

印　　张　20.75

版　　次　2020年1月第1版

印　　次　2020年1月山西第1次印刷

书　　号　ISBN 978-7-5378-6121-2

定　　价　56.00元

序

/邰筐

当下诗歌年度选本繁多，粗略一数有点印象的不下十本，已持续二十年且有一定影响的也有五本。相比之下，我编的这一本权威性和知名度可能都不及那五本，但不同之处在于它是唯一的年度优秀诗歌导读本，入选的156首诗每一首后面都附有一段精彩的解读文字，等于为读者预留了一把打开另一个心灵的备用钥匙。这是我与北岳文艺出版社的首度合作，除了沿袭往年的体例，在挑选作品时，我并没有一味盯着《人民文学》《诗刊》《星星》《草堂》这些文学大刊，大量原发在微信公众号上和印数很少的民刊上的好作品，也打捞出来了。不求面面俱到，但又时时有遗珠之憾。

披沙拣金，从数以万计的年度作品中甄别和遴选出好作品固然重要；抽丝剥茧，从不同角度去剖析和解读一首诗或许更重要。记得三十多年前，我无意中看到一本由林莽先生编的《一首诗的诞生》，曾给了初学写诗的我很多启发。

各种年度选本的编写，除了让作者从不同目录里找到自己的名字，更大的意义是给那些初学写作者和更多的热爱文学的在校学生以启发。因此，这本年选更看重的是诗歌文本的细读。还有一点需要说明的是，这本书的完成绝不是我一个人的眼光。在编选过程中，得到了《学习方法报·语文新势力》（高中版）和《江南诗》的支持，选入了2019年他们作为优秀诗歌文本解读的40多首诗。尤其要感谢徐俊国和江离的无私，他们把自己精心主持和编辑了一年的好诗都无私地给了我。还要感谢梁平、臧棣、张桃洲、霍俊明、胡弦、蒋立波、李以亮、苏野、林典铇、见君、崔友等诸位老师的精彩点评，为这本书增添了很多亮色。

最后要感谢北岳文艺出版社，感谢续小强和王朝军两位对我的信任。2019年10月才仓促接了这个活，免不了有很多疏漏之处。我把更多的期待放在明年，比如编一本优秀诗歌文本细读的年选，不追量，诗歌可能只选30首，却希望找到90个人去写解读文章。我觉得现在的诗坛欠缺的，恰恰是文本细读的力量。

2019年岁末

目 录

金　光

/阿来

今晨，我看见一束金色光芒
穿过诺日朗瀑布那银色水雾，在两株挺拔的云杉中间
落在了我额头的中央……
那时，鹰隼在高高的天空
中间是开花的野樱桃，背后也是
樱桃花沾满露水闪闪发光
而下面，下面是什么？
谁的双眼泪水盈眶？

看见金光！

金光来自高峻雪山的顶端！
那座男神的山峰 —— 达戈：爱情的
捍卫者，老百姓的英雄。今晨
猛然一下，他就复活了，英名光华
灿烂，使我沐浴金光！

清纯的水四处流浪，像风
风走上山冈，而水走下山冈
雪山仍在原来的地方，越升越高
礼赞的瀑布轰轰作响……
我要紧闭厚朴的嘴唇
不让一切所爱的名字脱口而出
一切要在心中珍藏
她们的名字不能跌落尘埃
因为我将再度离开

就是这样，在我
肉体与精神的双重故乡
我看见金色光芒，刃口一样锋利
民谣一般闪烁，从天上、从高高
雪峰的顶端降临，在诺日朗瀑布
前面，两株挺拔的云杉中间

沐浴金光！
沐浴金光的人啊，看见
众多的水纷披而下，轰轰然大声喧哗

选自《人民文学》2019年第2期

评鉴与感悟

一直以为，阿来的小说好，看了这首诗，才知道他还是一个高超的诗人。从这首《金光》中，我们感受到的是一种强大的力量。一束光芒落在额头上，清纯的水四处流浪，“鹰隼在高高的天空”，“樱桃花沾满露水闪闪发光”，在这样的敬畏中，诗人却要“紧闭厚朴的嘴唇，不让一切所爱的名字脱口而出”。只有一个真正与雪山融为一体的人，只有真正沐浴过金光的人，才能从那“刃口一样锋利”的光芒中忍住爱，再度离开。整首诗，金光既是雪山之魂，又是崇拜雪山的人的希望所在。在诗人的反复吟诵中，眷恋雪山之人，会一次次完成再生。(崔友)

冬天是一个总是试图掩盖什么的季节

/阿未

没有月光的夜晚，就被一场雪笼罩吧
就让雪花闪烁的光芒
揭露太多黑暗中寄寓的细节
这些细碎的，自天而降的消息
正一片一片轻轻落在辽阔的大地之上
无数微光在聚集，并为它们自己
照耀归途，此刻，我看到的
却是它们归来后最宁静的部分
当然也包括这个冬天刚刚开始的
不动声色的寒冷，我一直以为
冬天是一个总是试图掩盖什么的季节
一场雪后，远山如玉
以往废墟般的荒原，一夜之间就变成
我梦中所见的样子了，如同
我想往过的爱情，隐约又干净
或微光之下，满眼都是轻盈又薄薄的

忧伤……

选自《山花》2019年10月号

评鉴与感悟

阿未，是一个我持续追踪写诗的作者。他看起来更像是一个“被流放的诗人”，字里行间总是流露出一种家园失守的无奈。在这首诗中，首句就交代了“月光”，这里的月光有两种含义，一为精神家园，一为精神的原乡，即故乡。在一个没有月光的夜晚，如何安慰一个被时光驱逐的诗人呢，阿未显然找到了解答：雪花，便是那被撕碎的一地月光，用一种看似柔软实则冷酷的白，在诗人的笔下拼凑出一个趋于完整的纯净的梦中世界。弥漫在天地间的雪花，让“以往废墟般的荒原”也能变成“梦中的样子”。作者试图借暗夜里不愿示人的雪花掩盖失守家园的真相——个人被放逐后的不安和孤立感，以此来完成对家园的守望。所以他的诗更像是浪漫主义与现实主义的有机结合，读起来让人置身其中，感同身受。(敬文)

无尽光芒

/艾诺依

好像远方的炊烟，唤醒已久的沉睡
又如同从不感到衰败的太阳
照耀着芦苇荡漾的天真与创伤
在地铁四号线换乘一号线，行人的身上
或许能够看见暮霭
但在青春的寒灰里，滋养冬日的烈焰
定将在春风里播种明天，在秋阳里收获希望
躺在昨日的梦中，打开平淡岁月的第一页
灵魂与承诺飘浮在许愿灯上
它们穿过每个不眠夜晚，披上红色的烟火
像每朵雪花一样落地生根
像时光的花园重新经历死亡
钟声敲响，爱你的人
会从很远的地方回来
世界倒立起来
地上是无数星辰，落满四季的衣裳

选自《作品》2019年第12期

评鉴与感悟

艾诺依就像大地之上一个执拗的星光收藏者，她的语言有着星光之辉，总是能照亮灵魂最黑暗的部分；她有一颗草木之心，对万事万物保持着初恋般的敏感、细腻和温柔，抒发着对尘世无限的热爱；她偶尔也会像一个恶作剧的孩子，路过人间的时候，举起时光这个万花筒，短暂呈现出现实光怪陆离的那一部分，让我们看到了一缕袅袅的烟火气。（部筐）

三更午后

/巴客

两个青年：一个网名三更，一个网名午后。
他们在虚拟的时光里，发现彼此昏黄的
手。他们互相发问：你是谁呢？

——我是三更，雀斑，赶路，窒息。
——我是午后，高烧，风化，字母。

他们隐藏性别，传递睡意。他们
完好无损，但他们

是同一个人。

选自《一意孤行》，百花洲文艺出版社2019年版

评鉴与感悟

科技时代催生了人的浅表的孤独感，但它又是如此真实，无时无刻不在人与人的交流中蔓延。于是，一体两面甚或一体三面的人便悄然出现了，他们与自己对垒、游戏、聊天、旅游……此诗揭示了现代部分青年中流行的一种自我分裂的人性，令人震惊。(张作梗)

瞒不住的雪

/巴图苏和

感觉到已经下雪了
心里的雪，一定很深，很白
一页页翻阅草原、森林
还有伤痕

雪，可以整理内心的琐碎
随一匹马的身影走向遥远
回到苍茫

在嘎仙洞里
苍老的敖鲁古雅，篝火
与雪合舞。久远的呼喊
在记忆里的岩画上动了一下，又一下
每个人的眼神里
都迸射出几颗明亮的火花

已经能感觉到了你的融化

血液从山洞流出

一滴一滴沁透森林

漫过草原，漫过经历过的苦难

选自“赤峰文学平台”2019年12月10日

评鉴与感悟

巴图苏和深爱着自己的草原，如今虽然生活在城市，但是对草原生活依然有着深深的迷恋。北方多雪，草原上的雪难忘。在城市一隅，每每想到家乡的人，诗人就会联想到一望无际的草场，“心里的雪，一定很深，很白/一页页翻阅草原、森林/还有伤痕”,联想到“记忆深处的嘎仙洞里，苍老的敖鲁古雅”。记得《人民文学》诗歌主编朱零曾说过：一首诗歌，只要触及人的内心，就活了。巴图苏和这首诗，由下雪想到草原，由草原想到那里的人和事，最终，让思念“漫过草原，漫过经历过的苦难 ”。平白中，蕴藏着深厚的力量，成就了自我内心的救赎。（崔友）

人脸门禁

/笨水

做人脸采集时
我端正眼睛
端正鼻子，端正嘴巴
微微一笑
标准照输入门禁系统
成为事实的我，成为
我的参照
我对它做鬼脸，它不通过
对它翻白眼，对它龇牙
它不通过
我喜我悲，我嗔我怒
不通过
无奈，我收起我的白眼
收起鼻子的哼
重新挂出采集时的笑容
验证通过，闸机打开
此后，我不再尝试新的表情
出出进进，习惯

以一张程序的脸
接受另一种程序的
比对辨认

选自《诗潮》2019年第4期

评鉴与感悟

目前来看，科技为人类提供的核心价值就是便利，而人类则是从复杂环境中进化而来。科技与人类的自身进化似乎有着与生俱来的冲突。科技对人进行信息化处理时，不可避免地将人从整体分解为片段，将人的丰富性改写为单一性。人脸门禁，只是科技应用之一种，广泛的科技应用可能使人类的完整性、丰富性渐渐丧失。人类无限依赖科技，主动或被动适应科技，而不是科技适应人类，难道不是科技发展的误区吗？人类自身的机械化、程序化，不应成为人类未来的宿命。《人脸门禁》为我们带来了这样一种警示性思考。（林典铇）

我惦记一坛窖藏的美酒

/宾歌

要有足够的耐心，等着一坛封存的美酒。
火焰隐身越久，在血液里就会烧得越旺。
时间锋利，
寒光却照得一坛酒愈发绵柔。

湘水流到周家坳就有微醺的样子。
山峰迭起，鸿雁高飞
酒。水中之魂，它们在衡山的首峰聚啸

一坛酒，在黑暗中打坐，消磨着
万顷麦粒的锋芒。
我并不急于让它见到光，一杯酒
多半的清欢，是黑夜里熬出来的萤火。

选自《诗刊》2019年8月下半月刊“银河”栏目

宾歌写酒，是把对湘水与衡山的情感藏在其中。酒藏得住山水，也藏得住人世的沧桑。作者爱酒，是因为劳碌半生，他说，酒是血液里的火焰，时间越锋利，越发绵柔。这样的刚柔相济，这样的隐忍，只有酒能胜任。后来，这水中之魂，经过山水的洗礼，让作者又有了新的感受。“一坛酒，在黑暗中打坐，消磨着/万顷麦粒的锋芒/我并不急于让它见到光，一杯酒/多半的清欢，是黑夜里熬出来的萤火。”这里，心境变了，经历之后，沉得下心，慢慢熬，酒才从火焰变成萤火。这样的酒，是一次再造的过程，也是对人生的一次提炼和升华。(崔友)

墨　线

/草树

他摇动墨斗的把手
随着吱吱的叫声
带锥子的墨线
像小鸭子跟随着呼唤声
归了黑黑的小巢

那时他正值青春年华
直起身，仿佛松了口气
而我更年少，盯着墨线绷直
在他的手指勾起、放开的刹那
木头上出现一条溅满墨点的直线

他荒废了少年手艺
世事如墨点，独少那一条
精准的直线。而我在键盘上消耗时光
噼噼啪啪如飞溅的墨洒落
无非在找寻岁月里墨线的印记

没有它，锯子的密齿会咬向何处

选自《诗刊》2019年4月下半月刊

评鉴与感悟

一首好诗，就犹如装在火柴头上的磷，无须点燃，就能让你感受到其中的光亮。这光，有无数种可能，可能是灶头的俗事，也可能是扑灭不了的灾祸。但是无论是啥，火柴只有擦燃才知道。草树的这首“墨线”，没有用火柴，而是从墨线中找到灵感，找到诗意的光亮。他首先用故事开头，写了一个小木匠的“青春年少”。那时的墨线是小鸭子的单纯，是“归了黑黑的小巢”的兴致，但是小木匠终究不能独善其身，荒废了木业，而诗歌作者自己长大了，也终究不过是“在键盘上消耗时光”的俗人。人生如墨线，总要弹下去。能弹出什么子丑寅卯来？作者最后一句“锯子的密齿会咬向何处”道出了其中奥妙。墨线总要与锯子的牙齿为伍，墨线总要在锯子的“噬咬”中生存，这种墨线与锯子的共生共患，让人明确感知到一种无奈和认同。好的诗歌就这样，悄无声息地让你愣在那里，毫无招架之力。(崔友)

生而无限

/曾宏

父亲从非洲带给我的
那只骆驼，在博物架上走了
近三十年的黄沙漫漫路

父亲年过八旬还在走
我也过了天命
跟在他后面

他仍在救死扶伤，我也在
干活，为疗治自己的灵魂
他为大众，我为个人

父亲，我必须向你致敬
通过一只铜骆驼
向一只肉骆驼致敬

选自《江南诗》2018年第6期“紫气东来”栏目

曾宏从来不会沉溺于修辞的迷宫，他擅长通过朴素的语言直接抵达情感的内核，《生而无限》一诗也不例外。全诗通过“骆驼”这个意象展开，首先铜骆驼是父亲送给“我”的礼物，而“我”从骆驼身上看到了父亲的形象——“肉骆驼”，父亲和骆驼的相似之处在于他们同样坚韧、宽厚，负重前行。不仅骆驼这个形象本身与父亲相通，骆驼所面临的外在环境也是父亲所面对的社会环境的对应，救死扶伤是一条艰难、枯燥而见不到尽头的苦旅。由此推想到最核心的“我”自身，因为人间的漫长苦难对每个人都是相同的，但“我”所全力以赴的是对自身的探索和治疗，这种治疗一方面局限于个体，与父亲的“为大众”相比起来似乎显得狭小，而另一方面也可以说这是两种层面上的历练，并无高下之分。而父亲的精神仍然能指引“我”在这个维度上取得进展。全诗自然淳朴，不加修饰，拣选生活化的场景和感悟，通过骆驼将自我、亲情和社会议题贯穿为一体。（蒋立波）

桑梓梧桐

/陈安辉

作为对大地的回报
秋天正引领我们
向丛林纵深鱼贯而入
带着一头小兽的热情
和一条溪流亲近
对一块石头产生眷恋

所有饱满的果实都沉醉于自己的绝代芳华

为此我们越发感到无比富足
一群小鸭子正从黄昏的池塘爬上赶往回家的路
我们及时避让
知道他们即将会和我们一样
都会被月色五彩斑斓的羽毛覆盖
不久都会进入同一个梦乡

选自《中国诗歌》2019网络诗选

评鉴与感悟

女人的感知总是细腻的，柔美的，所以女人的诗歌总是很有味道。陈安辉是善于发现美的人，她认为“所有饱满的果实都沉醉于自己的绝代芳华”，这是这首诗的题眼，也是她对世界的认识。为了表达自己对这个世界的热爱，她用内心的善良，体味溪流亲近石头的美，让黄昏回家的小鸭子，带自己步入梦乡。一个成功的诗人，是最能化解波澜之人，只有一个心有大爱、不贪婪不晦涩、远离欲望沟壑的人，才能遇山融山，遇水化水，在每一个迂回里，“越发感到无比富足”。(崔友)

老　屋

/陈豹文

一

老爸老妈离开多年
老屋门前的老柳树，刚刚发芽
站在风中，如一帘晃动的梦
最近，老是想去敲天堂的门

二

曾经挤着十来户人家

现在整座房子空空的
穿墙而过的阳光
演绎游子的脚步

三

爷爷
一个老农民
活活饿死在

粮食亩产万斤的年代

四

隔壁眉眼笑眯眯的阿婆
年轻丧夫
年老丧子

五

一个除夕之夜
阿五他爹
用一根细绳勒断了自己的后半生

屋后的歪脖子树
至今保持着默哀的姿势

六

老屋是一个没人搭理的留守老人
那一排排新建的高楼
都是它繁衍的子孙

选自《泰顺文学》2019年1期

评鉴与感悟

本诗题为“老屋”，既写“老屋”变迁，更写老屋居者命运。诗人以儿子兼游子、亲历者与在场者的多重身份，审视“老屋”居者曾经的悲辛苦楚，以此折射过往时代的荒谬，抒发深沉的历史感慨。场景布置集中，转换自然，意脉贯通。以白描勾勒人物，语简而意深，极具感染力。背景意象组织巧妙，诸如刚发芽的“老柳树”、“穿墙而过的阳光”、默哀的“歪脖子树”、日益萎缩的“老屋”等，比拟生动，细节精当，富有意蕴。（林承雄）

接骨木

/陈功

雕花眠床走出树木之前
春天一定睡过
印象中，无数鸟鸣前来投宿
那些没用的枝叶
安顿过多少春风
对于实用主义来说
斧头和凿子都没有错
只有墨斗主张
将理想绑定在一条直线上
时光的锯末纷纷扬扬
我所拥有的虚空
像刨花一样单薄
雨水来临之前
太多远方来路不明
使一个人的身世再次节外生枝

选自《福建文学》2019年10月

评鉴与感悟

咏物诗言此而意彼，外物乃为写作者自我心绪、观念之载体。本诗题为“接骨木”，而从“雕花眠床”起笔，欲擒故纵。言木床之前世今生，由树木而及人生，蕴意丰富：既有对过往春天的怀念，又有对实用主义斧凿之戕害、墨斗直线之束缚而致时光空废的感慨，又有对“远方来路不明”的叹惋。木犹如此，人何以堪。观物自照，足以自省。“用”与“无用”，虚空与实在，远方与来路，诸如此类实乃每个人都无法回避的终极命题。而本诗理趣正在于此。（林承雄）

路边棋摊

/陈巨飞

下班后，很多棋子现出原形
谈论着股市和宫斗剧
被锯断的梧桐树下
两个人厮杀到紧要处

中年汉子站着，左手夹烟，他的相阵亡了
埋在彭城的责任田里（刘邦）
但他还有一匹乌骓，在棋盘上跳跃
楚河边，有人唱起——
“看大王在帐中和衣睡稳”

一个老者在另一端坐定
他的車已迷路，炮也哑火
光头老将甚是清闲，回迁房里
他来回踱步，催收房租

花家地西里，春天还没到来

一个卒子，坐上高铁，越过汉界

选自《江南诗》2019年第4期“江南风”栏目

评鉴与感悟

《路边棋摊》这首诗，张弛有度地搭建了一张关于“棋”的修辞和语义之网，棋盘空间、现实场景和历史想象，棋子、下棋人和历史人物，奇妙地在词语中重叠，相互指涉，构成一种修辞和镜像关系。在诗歌开始，诗人即用“棋子”来比拟“人”，借此说明当代人匮乏自主性的生命处境，并由此启动了“棋子”的修辞维度，与下文相呼应。诗人接着将焦点对向路边的棋摊。在书写两个下棋人和手中棋子时，游戏场景向历史场景滑动，抽象符号“马”具体化为项羽的“乌骓”，文学想象也穿插其中，至此，语义的伸缩性和扩展力得到强化，语义开始流畅滑动。而后画面转向“回迁房”，“老将”不仅挪动着棋子，画面之外，远方的一个人，似乎因“老将”催动，乘高铁奔赴而来，“卒”因此和诗歌起首呼应，对现实人物进行观照。（梁小静）

燃烧的星辰

/陈离

那些星辰在遥远的地方
将自己点燃
离我们越远
燃烧得越剧烈

但是千万不要这样想：
那些星辰
是在为我们而燃烧
而且只为我们而燃烧

从不认为自己是一颗星辰
在黑暗中默默将自己点燃
不知道哪一双眼睛会看见
隔着尘世间最遥远的距离

——不，我说的并不是那些星辰
而是那些在深夜里独自遥望

遥远的星星的人

选自《江南诗》2019年第2期“首推诗人”栏目

评鉴与感悟

《燃烧的星辰》这首诗起笔略嫌稚嫩，因为现代天文学的常识已经逼使我们不再如此思维，也不再如此用语，哪怕是在写诗。我们已经不认为星辰是在燃烧，比如行星；不过，我们也无须如此吹毛求疵，而不妨将“燃烧”视为一个不太新奇的隐喻。

所以，诗的第二节真是一段很好的补笔，其不容置疑的客观表述，不仅纠正了第一节可能产生的误导效果，挽救了“燃烧”一词，甚至迅速赋予了它意外的新意，在此，它成了“存在”的一个鲜明的隐喻！

诗的第三节进一步将“星辰”的意象独特化、个性化，尤其逆向性的思维方式颇具魅力。而且，它使得第四节的转折也来得水到渠成，言此及彼的辗转犹如移步换景，渐次打开一个令人顿悟的哲思境界。

我着迷于此诗一波三折的叙述风格。（李以亮）

温 暖

/陈亮

那些小路是温暖的，被暮色舔着
被庄稼的香气熏着
泛出微茫的白光
是人们走走停停走出来的那一种白
是柴草的骨灰撒在土上的那一种白
那面落满鸟屎的东山墙是温暖的
墙上有个铁环，牵出的马在这里
踢踏打转，晃动肥膘
用尾毛扑打着发红的蝇虫
它咴咴叫着，散发出亢奋
或少许劳役怨气
游街的豆腐梆子是温暖的
好久没见到他了，今天又突然出现
头顶金光闪闪，宛如菩萨
传说他患了癌症，相信这不是真的
父亲是温暖的
他几乎一直在菜园的井台

拔水浇灌，井水热气腾腾
让他瞬间就虚幻了
看不出他是六十岁、五十岁，还是二十岁
而母亲蹲在那里摘菜，捉虫
时间久了就飘回家去——
你也是温暖的，那一年我在家养伤
墙上的葫芦花开了
你一早去邻家借钱，轻易就借到了
你的脸沁出汗
不断说好人多好人多
一头羊是温暖的，天就要黑了
它还在吃草，肚子很大，准备要生育了
鼓胀的乳房拖拉出奶水
它的眼里，还有声音里
有一种让心肝发颤的东西
它嘴里永远嚼着什么，似要嚼出铁末来

选自《学习方法报·语文新势力》2019年8月13日

评鉴与感悟

作者用极其细腻的笔触勾勒出那些渐行渐远的景、物、人，如同帧帧镜头缓缓掠过——构筑了一位诗人心中乌托邦一般的存在。当城镇化的推进逐渐打破了原始乡村的宁静与平衡，也打破了诗人心中梦一般的精神家园，这种震荡带来无力感，就像是一只脆弱的母羊，只能以自己独有的方式进行着顽强而又固执的抵抗与坚守。因此，日渐衰落的乡村元素被作者人为地固定住了温暖而祥和的底色，在虚与实之间形成种种巧妙而又和谐的对应，并充分地带入诗歌的情感节奏中，节节紧扣，层层推进，这无疑源自作者对于事物细致的观察力和对生活敏锐的感受力，以及对诗情诗意的把控力。(陈萱)

前　世

/陈先发

要逃，就干脆逃到蝴蝶的体内去。
不必再咬着牙，打翻父母的阴谋和药汁
不必等到血都吐尽了。
要为敌，就干脆与整个人类为敌。
他哗地一下脱掉了蘸墨的青袍
脱掉了一层皮
脱掉了内心朝飞暮倦的长亭短亭。
脱掉了云和水
这情节确实令人震悚：他如此轻易地
又脱掉了自己的骨头！
我无限眷恋的最后一幕是：他们纵身一跃
在枝头等了亿年的蝴蝶浑身一颤
暗叫道：来了！
这一夜明月低于屋檐
碧溪潮生两岸

只有一句尚未忘记

她忍住百感交集的泪水
把左翅朝下压了压，往前一伸
说：梁兄，请了
请了——

选自《学习方法报·语文新势力》2019年7月30日

评鉴与感悟

小小的一首诗却让人百感交集。中国诗歌所葆有的意境、充沛的情绪、哀伤的传奇都在他的笔下，如果这诗歌仅仅是对古典爱情的现代诠释，那就太小瞧了作者的功力和意图。他是一个感受亡灵的人，一个为所有死亡爱情找到归宿和希望的人，让所有轻视东方文化的偏见在面对这样一首当代诗歌时也不能不重新翻检中国辽远的过去，翻检除却盛唐文化的其他的中国。诗歌看似在细致地描画一个当代中国人对梁祝爱情的想象，其实在古老爱情故事的旧袍里，我们分明看到诗人对人类的希望：他希望他们能够脱离那些所谓的规矩法则，脱离所有的教条和约束，如果有了真爱，如果这爱那样遥不可及，那么豁出性命也在所不惜。所以他或她可以脱去代表文明的“青袍”，可以不顾不管，可以不必做个伤心欲绝者，行动起来，行动就是一切。当人类的文明在推动社会的进程时，也在压抑人性的自由。当人类因为外界的困扰而无法享受快乐，毋宁变成翩跹的动物，如同一只千年前的蝴蝶。

诗人在这里其实用异常锐利的视角表现了一个自觉者的感受：爱情如果成为家族和社会的殉葬，不如痛快地告别，告别吃人的时代选择重生。死不可怕，可怕的是死后的无所依傍。在诗人眼中，整个明月夜，两岸潮汐水都做了爱的见证，做了重生的见证。所有的那些追求真、追求爱、追求自由的人，不都活在蝴蝶的体内，做着庄生晓梦迷蝴蝶的梦吗？此刻，你我都是蝴蝶，相逢在渴望和渴望的路上。从这个意义上说，诗歌超越了爱情这个单一主题，超越了国界，也将跨越时空。（马知遥）

北山亭

/陈小虾

农历初一，母亲必去庙里
带一束白玉兰

每次，她都有新的苦难
跪在佛前，闭着双眼
许久许久

这是外婆给予的良方
她也教我

木鱼声中，我们一前一后
往回走
快到家时，已近黄昏
但，清晨的寺钟仍在耳畔

选自《诗刊》2019年11期下半月“发现”栏目

评鉴与感悟

陈小虾的《北山亭》用笔很少，只是描述了外婆带“我”去庙里烧香的情景。但是一句“每次，她都有新的苦难”一句，说明了佛并没有很灵验地眷顾她，而外婆依然坚守心灵的归属，每次都安静地“跪在佛前，闭着双眼/许久许久”。也许，外婆求的不是佛，而是利用这庄重的仪式，让自己繁杂的心情平静下来。不仅如此，外婆还把这个方法传授给“我”。处于这样的境地里，“我”自然而然受到感染，在木鱼声中沉淀下来，“快到家时，已近黄昏/但，清晨的寺钟仍在耳畔”，这里由黄昏到“清晨的寺钟仍在耳畔”，可见外婆的虔诚让自己受到了感染，那种庄重的仪式，以后，也一定会成为诗人人生的功课。（崔友）

大江舞动星辰

/陈幸

当我把这一条大江
从我站立的位置
整个儿扶起，它就是一棵
天地间高耸的巨树

这时，我才发现
它真正的源头，不在沱沱河
而在这片广袤的国土下
每一株草木的根部

你看到的是，一股洪荒之力
推着滔滔江水向上奔涌
最后伸出一双臂膀
举起了浩瀚的海洋

现在，我要把夜空拉近
让曾经淘洗岁月的大江

在初秋的清风中，与我一起
舞动漫天的星辰

选自《福建日报》2019年6月2日

评鉴与感悟

一种奇特的想象，将大江、大地、草木、海洋、星空形成一体，写得有声有色，气势宏大。“当我把这一条大江/从我站立的位置/整个儿扶起，它就是一棵/天地间高耸的巨树”开始，就写出自己的奇思。接下来，紧紧围绕这棵“巨树”来表现：“这时，我才发现/它真正的源头，不在沱沱河/而在这片广袤的国土下/每一株草木的根部”。描写合情合理，把长江与祖国大地、与草木万物的根本关系表达了出来。“你看到的是，一股洪荒之力/推着滔滔江水向上奔涌/最后伸出一双臂膀/举起了浩瀚的海洋”。又将它与浩瀚的大海连接在一起，气势磅礴壮观。“现在，我要把夜空拉近/让曾经淘洗岁月的大江/在初秋的清风中，与我一起/舞动漫天的星辰”。最后，把巨树放在整个天宇中来写，景象奇特、瑰丽，撼动人的心魄。作者对长江爱的深沉，想象奇特，又择词准确、合理、形象，写得不错。(乔延凤)

深夜，听见一列火车经过……

/代薇

深夜
听见一列火车
由远而至

一节黑夜的抽屉被拉出来
它关上的时候
就像多年后我回头看了你一眼

选自豆瓣读书“觉得好的诗”2019年5月29日

评鉴与感悟

这首诗写的是我多年后回头看了你一眼的“后果”：一眼是无声的，心灵的震动却是轰隆隆的巨响，给这巨响找一个意象，就是奔驰的火车。诗中有两个意象，一是火车，一是抽屉，主意象是火车，抽屉其实也是火车：是从火车寻找的看一个次生意象。这个设计极为精彩，它使火车这个意象得以延续，又具备了火车所没有的功能，因第一节写火车由远而近，仿佛情感的奔腾、无法控制，此次之妙在于简化克制，仅仅写火车的出现，以使情感出现时的磅礴感得到凸显，能量得到最大化，也使诗的张力得到最大化。它的经过和消失，则隐含在抽屉的关闭中。抽屉，既是对火车意象的补充，也暗盒情感在心灵里的保存和运行轨迹。美国诗人理查德·威尔伯有句名言："巨怪之所以有力量，是因为它被囚在瓶中。"这首诗亦如是，让我们再读一遍，体会一下一列火车是怎样奔腾在无声的一眼中。(胡弦)

看叙利亚盲童在废墟上歌唱

/灯灯

她看不见的天空，是我们看见的
我们以为神不在那里
但一个盲人女孩相信了，她抬头
确信歌声
去了神的居所

我从她的笑容里取出花朵，从废墟里
取出哭泣
我从我中取出自己
——毫无疑问，我是盲人，而她不是。

选自《学习方法报·语文新势力》2019年10月29日

评鉴与感悟

这是一首自觉反思之作，也是一首对美和崇高的赞美之歌，写得干净、利索，语感很好。这首诗的语言张力和诗意震撼力，来自这个通常的艺术表达方式：对比；也来自诗人对“我”和“我们”的虔诚的审视、辨认和反思，以及悲悯情怀。诗人拿“我们”跟“叙利亚盲童”对比，拿“我们看见”跟盲童的“看不见”对比，拿“我们以为神不在那里”跟盲童“确信歌声/去了神的居所”对比，拿“她的笑容”跟我的“哭泣”对比，从而形成多重语言关系，使表达张力发挥得很到位，使读者领会到：低俗无知的现实存在，让人低俗，让人无知；眼中无神，神就不再那里；有信仰的生存，能让人把自我从尘埃中提升到接近神灵的高度；有信仰的人，能在废墟中遇见鲜花，甚至能通过歌声与神灵对话。反之，没有信仰的人，无异于盲人，看不见天空，看不见神的居所，也不信歌声能够飞升，直至天堂。想想，这是多么大的差距啊！想想，这能不令人内心感到震颤吗？（符力）

左　手

/第广龙

他的左手
总在梦里疼
只有抓紧刀口
才能缓解
——他没有左手
很多年了
他失去左手
很多年了

选自《星星·下半月》2019年第12期

评鉴与感悟

左和右有区别吗？有。左撇子属于少数，才有了这个特指词汇。这首诗写了一个人的左手而不是右手，本身就是有用意的；写了左手在梦里疼，似乎有所暗示；竟然说需要抓住刀口才能止疼，这着实不合常理。已经几次反转了，接下来，又出现了一句更为意外和突兀的话：他没有左手！虽然医学研究证明临床上有这种症状，但这首诗歌的着力点并不在此。这首用词节约的短诗，有许多留白，却连用两个“很多年了”，制造了一个更大的留白，触及的，是人性的幽微和跌宕。（虎子）

遇见一只虫子

/董欣潘

在一块砖石上
爬行着一只
肉眼几乎看不见的虫子
它细小的身子在微微蠕动
看似弱不禁风，却又极其敏捷
在风中，它稳住定力
顺从于一根细长而陡峭的藤蔓的安排
攀爬而上
蛰伏在最近一片叶子
和那些虫子和藤蔓一样
我们亦喜欢往上爬，攀高枝，上高台
仿佛只有高处，才有无限风光
才是最好的去向

选自《山东诗歌》2019年第10期

评鉴与感悟

在我们日常生活的经验中，那些寻常、普通、微小的事物，如果你没有用心观察或留意，常常会被忽视而不见。但对诗人来说，因为他的内心有爱，他的遇见，有时就充盈着诗意。如诗人董欣潘的这首诗《遇见一只虫子》。

虫子本来是寻常之物，无处不在，来去匆匆，生死不为人知更不为人所关心。诗人从这一细小又微弱的生物身上，发现了与我们人类社会共性的东西，它们的境遇和宿命一如我们的际遇和命运。这首诗从遇见一只虫子在风中的爬行这一细节出发，挖掘了虫子在对抗自然险恶时所表现出来的优异品质，即生命的定力。其身心展示出的坚定与敏锐的个性，也无不彰显了我们人性的光辉。诗人表面是写虫子，它们攀爬陡峭的藤蔓，面对突如其来的大风，保持勇往直前的人生态度，但实是写人，关注的是众多小人物的命运，人生随遇而安，生活处处有风光。（林典铇）

借 条

/方丛飞

小学未毕业的姐姐，吃力地
写着借条
白发遮挡了半边脸
这些年，她一点点挤出头发里的黑
为生活立据画押，像
一株冬种作物，开始
就历经沧桑

姐姐把借条塞给我，这样
“嫂子放心，我也安心”
在比白发更白的暮色里
姐姐停下来，阻止我送她
我们像借条里的两个错别字
不知该说些什么
只好扭过头去

选自《江南诗》2019年第5期

评鉴与感悟

《借条》这首诗具有非常强烈的画面感，诗人对姐姐给“我”写借条这件事的叙述是片段性的，它的展现方式合于本雅明对摄影艺术的论述：“赋予瞬间一种追忆的震惊。”震惊的原因来自诗人对这件事、对“姐姐”此刻形象的心理感受，它内含着亲情分离的痛苦事实，同时在更深刻的心理层面，又向我们展现了普遍化的同情，从而具有了道德意味。在写借条的此刻，诗人对姐姐的态度是复杂的，在情感上，他感到分离的痛苦，也为姐姐遭遇的困境感到同情；但在理性上，他又为姐姐的诚实品质感到骄傲。正是这两种因素的共同作用，使姐姐这个形象在我们面前更深刻地浮现了出来。这首诗是微妙的，诗人尽量以无言的方式呈现它，这与诗本身的丰富情感形成了高反差效果，强化了诗的表现能力。（楼河）

长夜将尽

——致曼德尔施塔姆

/风言

凌晨三点，钟摆将失眠的枕头
漫漶成时间的泽国
“时间的食谱是胆汁”[①]
——烛光的残骸溢满上帝的碗
分食着胆汁的街道，多像一只只站不稳的鸟
鸟的哀鸣穿透枪支的国度
这哀鸣来自地球之肺
——敌意延迟，以陌生的古老地名连接
“昨天的太阳被黑色担架抬走”[②]
告诉我，谁听见了命运的摔门声？
陡峭的记忆，“熟悉如眼泪，如静脉
如童年的腮腺炎”[③]
新鲜得，像钝器刚砸开的盐
——这些安静的子嗣，先于晨光诞生的细小肋骨
在灰烬余温的尽头，隔着
两代人的生死
——掘墓人，为避免与你的影子重逢

我拒绝了你从暗处递过来的灯
长夜将尽
光却在十里风暴中塌陷
天地难容的肉身和诗句，经受了怎样的
躬身之敬和屈膝之辱
——告诉我，沙粒吹进眼睛时
真理该以何种面目扶起历史的额头？
如今，海参崴的田野种满了
燕麦
因为这可爱的定语
我让这片埋葬你的土地，有了会飞的可能

注：

①R.S.托马斯《交换》（程佳 译）

②曼德尔施塔姆《无题》（北岛 译）

③曼德尔施塔姆《列宁格勒》（北岛 译）

选自《十月》2019年第1期

评鉴与感悟

《长夜将尽》是风言献给俄国诗人曼德尔施塔姆的一首诗歌。作者借对曼氏个人命运的书写将视角投向整个人类社会激进主义革命与知识分子之间紧张而复杂的关系：“长夜将尽/光却在十里风暴中塌陷/天地难容的肉身和诗句，经受了怎样的/躬身之敬和屈膝之辱”。意识形态下，知识分子要么噤若寒蝉，要么饱受摧残，曼德尔施塔姆显然属于后者。诗中，作者以清醒自审的书写，批判了残酷年代给个体生命带来的肉体与精神的双重折磨：“掘墓人，为避免与你的影子重逢/我拒绝了你从暗处递过来的灯”，以及对人类文明造成的永久创伤：“告诉我，沙粒吹进眼睛时/真理该以何种面目扶起历史的额头？”从而在对社会、历史、人性的层层自省与诘问中完成对终极价值的思考。（陈萱）

出生地

/冯娜

人们总向我提起我的出生地
一个高寒的、山茶花和松林一样多的藏区
它教给我的藏语，我已经忘记
它教给我的高音，至今我还没有唱出
那音色，像坚实的松果一直埋在某处
夏天有麂子
冬天有火塘
当地人狩猎，采蜜，种植耐寒的苦荞
火葬，是我最熟悉的丧礼
我们不过问死神家里的事
也不过问星子落进深坳的事

他们教会我一些技艺，
是为了让我终生不去使用它们
我离开他们
是为了不让他们先离开我
他们还说，人应像火焰一样去爱

是为了灰烬不必复燃

选自《民族文学》汉文版2019年第3期

评鉴与感悟

出生地是一个人首先面对世界的地方，它对于诗人的主体建构有着不可替代的重要性。这个地方会构成一个人的童年记忆，也成为一个人一生的乡愁。冯娜在《出生地》一诗中表达了她的来路，她作为白族，少数民族的独特习俗与文化都影响着她对世界的看法，通过诗句转化成了审美的结晶。从冯娜的诗中，我觉得她和大自然的关系非常密切，这和她在云南出生长大有关。她在一篇文章中写道："小时候，每当站在雪山底下、大风的垭口，我就幻想自己能拥有一种'驭风术'。"显然，这种幻想就是大自然提供给她的无限的想象力。在面对自己的出生地之际，诗人却频频写到了死亡，与出生相应的另外一个极端。诗歌采用了一种回旋的节奏，来表达生命与故乡的种种悖论。"他们教会我一些技艺/是为了让我终生不去使用它们/我离开他们/是为了不让他们先离开我。"这其中倒不是我们常见的辩证法，而是一种诗歌的复杂性，它通过一种不符合常规的思维方式去激活我们的观念。比如所有的技艺都是要使用的吗？世上有终生不使用的技艺吗？那是一些什么样的技艺？会让人浮想联翩。当然，最重要的是，我们体会到了诗人对故乡的那份深情，故乡无比优美，而那里的人也教导"人应像火焰一样去爱"，是动人心弦的。现代诗已经不再停留在直抒胸臆的阶段，一方面是情感本身变得复杂，一方面是抒情被滥用，诗歌必须节制，必须智慧。（王威廉）

玻璃桥

/傅天琳

峭壁如削！现在我就站在
峭壁之上的虚空里

腿软，恐高，小心脏几次跳出来
又几次被摁回去

只敢平视、斜视、远望
望对面悬崖，几疑上过琉璃釉

白太阳还在一遍一遍反复涂抹
微微发蓝，发青

有鸟飞过。其中一只已经两鬓斑白
脸上挂着与我相似的表情

它用叫声撞响石壁
就觉得是岩石在叫，一座天空在叫

白云轻盈如絮，一挂一挂
就觉得是从地里刚刚长出来的

树尖新叶如花，一团绒毛球球
就觉得聚集了一股蓬勃向上的气息

苍山如海！这个上午有多宽
我的心情就有多宽

最后，我将目光垂直放下，放下
放进谷底

人生何其不易
我还要看看自己的深渊

选自《诗刊》2019年8月上旬刊“文本内外”栏目

评鉴与感悟

傅天琳始终做真实的自己，面对峭壁悬崖，毫不避讳自己胆小，站在玻璃栈道上，她更是“腿软，恐高，小心脏几次跳出来/又几次被摁回去”，自己“只敢平视、斜视、远望”，但是作为经历无数的老人，她还是产生了诗意，惶恐过后，她沉浸在自己的诗意里，她看到了“有鸟飞过。其中一只已经两鬓斑白/脸上挂着与我相似的表情”，她看到了白云，新叶“聚集了一股蓬勃向上的气息”，并发出了“ 苍山如海！这个上午有多宽/我的心情就有多宽”的感慨。如果诗到此为止，就如同白水，我们只是领略了一个老人的心境而已，但诗人的高明，恰在一瞬间，让诗意来了一个大转折，最后一句，点出诗歌之妙。她向下看了看，忽然发出“人生何其不易/我还要看看自己的深

渊”的感慨，让原先的句子一下子都活了，有了新的灵魂。而前面那些叙述，不过成了一种巧妙的铺垫罢了。（崔友）

苏堤纪行

/高春林

孤山不孤，因了苏堤通往坊间。
或者山也似船，你唯缺他的“水枕”。

水域，被眼睛里的细皱打磨。
水浩渺如时间。水如天。你一直坚信，
一个人走到哪里都在自个的堤岸，
蔚蓝映照的一天也是另一天。

他坐在长椅上，像你寻找的一个词，
像拽着你的北方，那个萧瑟的词。

突然的歌唱，风动的莲蓬。
在生活的船上，多像不再飘摇——
撇开疑虑，水镜回到它自身的清明。
唱反调的人，反转过比深渊深的现实。

选自《江南诗》2018年第6期“江南风度”栏目

评鉴与感悟

尽管已经有众多当代诗人写过西湖和苏堤，但这首《苏堤纪行》仍然显示了与众不同之处。跟江南诗人相比，来自河南的高春林似乎有意避开了西湖的雾霭、烟霞和水汽，而是执着于在语言内部对言说对象进行打量、观察和沉浸。这是一篇以情绪和体悟为线索的诗体游记，但仍能看出它是以一个短暂而具体的时间和空间为框架，描述这一个阶段的所见和所感：我们在堤岸边看到水，看到天，看到长凳上的游人。人与山的一线之差在于人缺少水的映衬，而这种缺乏也是人的致命伤所在。因为从根本上说，人和自然是隔离的，而不是浑然一体的，我们只能从外部去观察自然，而这种观察注定显得隔阂，充满偏差。此时诗人的笔锋一转，“歌唱”的出现使整首诗富有节奏和情绪的变化起伏，也加深了思考的尺度。“撇开疑虑”，诗人的思想回复到水的清明澄澈当中，水与镜像，深渊与现实，在此处“不再飘摇”，交融为一，达到了浑成的境界。(蒋立波)

村小：生字课

/高凯

蛋　蛋　鸡蛋的蛋
调皮蛋的蛋　乖蛋蛋的蛋
红脸蛋的蛋
张狗蛋的蛋
马铁蛋的蛋

花　花　花骨朵的花
桃花的花　杏花的花
花蝴蝶的花　花衫衫的花
王梅花的花
曹爱花的花

黑　黑　黑白的黑
黑板的黑　黑毛笔的黑
黑手手的黑
黑窑洞的黑
黑眼睛的黑

外　外　外面的外
窗外的外　山外的外　外国的外
谁还在门外喊报告的外
外　外——
外就是那个外

飞　飞　飞上天的飞
飞机的飞　宇宙飞船的飞
想飞的飞　抬翅膀飞的飞
笨鸟先飞的飞
飞呀飞的飞……

选自《共和国70年儿童文学短篇精选集》，中国少年儿童出版社2019年10月版

评鉴与感悟

一不小心，高凯的《村小：生字课》作为“儿童诗”获得了儿童文学奖，获奖理由是“语言表现出的活力和深度的寓意”。在我理解，这有两个层面：一是语言，一是内容。

语言的层面当然包括声音，而就是因为对“声音”的考虑，将它归为儿童诗似乎不无道理。发自童音的“琅琅书声”，在我们的耳鼓起伏、回响。那是哪一年呢，我们回到阔别已久的家乡，未到村口，一个低沉的声音领读，孩子们整齐，热情，忘我跟读，单独的有点疲惫的声音和稚嫩而洪亮的声音，像高高低低的音符，裹挟着记忆近了，近了，更近了……或许我们会加快脚步，或许，我们停了下来。我们只是想更真切地听到那声音，不想让它如同幻觉或梦境。这是幼年时候的声音，这是懵懂未开的声音，这是领读和跟读的声音，这也是由于整齐划一，能够传得很远而迷住孩子们的声音。它近了，它带来的是

童年的快乐，它带来的是时光流逝的忧伤。

但无论如何，当我们这时被吸引，是声音本身，而不是“声音的内容”。

从“声音的内容”看，《村小：生字课》不是儿童诗，它应该被纳入高凯关注现实的一系列作品。正是站在这样的角度，我们才不会对诗中“蛋、花、黑、外、飞”那几个“生字”的选择进行质疑，而是忍不住击节叹赏，才会领会其“深度寓意”。也是考虑到诗人通过创作时的取舍透露给我们的信息，加上对西部农村现状的了解，在今天，我们对有人提议将这首诗作为西部招商引资的宣传诗才不会感到意外。

声音的内容，带来的是作者生活的经验、创作的经验，是诗歌在原初创作时的意义指向。作为儿童诗，它承担的重量超过了“限度”，——除非我们认为，在村小的生字课上，我们的老师都是那么精心地、有意识地向孩子们传递着生活的沉重，又传递着希望、梦想等信念；除非，生字课，不是单纯的生字课，而是一种人生价值的教育课。

高凯，借助“生字课”的形式，借助我们心里声音的回响，使《村小：生字课》这首诗披上了儿童诗的外衣；而决定这首诗重量的，还是“声音的内容”，它告诉我们：《村小：生字课》不是儿童诗。作为“儿童诗”，它给孩子的阅读提出了无法达到的要求。（于贵锋）

多年以后

/高亮

多年后，我深埋然后解禁的
那个人活了
先是以一小簇金棘草的样子
然后，以荷花
以小河，以屋顶的白霜

我整整待在废园三个月
一个月读书，一个月回顾往生
剩下一个月，试着和过去的人分别

我在七株不同的毛竹上
刻上不同的名字
下一次即将获得的轮回

远处的镇上，我还要守着炉火
铸锻刀，钉马掌吗?
还有人窥探我空腹里的弹弓?

和路过的僧侣，谈桥头转世的顽童？

多年后，一个寄居山水的人
无非是吐完的苦胆
走过的小路。无非是清风起，火焰飞

选自《星星》2019年2月上旬刊

评鉴与感悟

一个看透自己命运的人才能“深埋后复活”。一个热爱金棘草、荷花、白露，喜欢在毛竹上“刻上不同的名字”的人，一定有过痛楚的经历。一个“守着炉火，铸锻刀，钉马掌”、“空腹里藏着弹弓”的人，一定曾戎马天涯，疾恶如仇。而借着山水“吐完苦胆”，任“清风起，火焰飞”的人，一定大彻大悟。高亮，犹如一个智者，用简短的词语平静地讲述了自己人生故事的时候，已经是一个在夜露之下听钟鼓，离凡尘，与“路过的僧侣”转世之人。诗人是高明的，这首诗歌也是对所有“待在废园里”读书求贵之人的一种警醒。人生有轮回，何必论生死，无就是有，有就是无，关键还是一个“悟”字。(崔友)

不　朽

/耿占春

在开宝寺侧门入口处，站立着
两列宋代石雕群，狮子，绵羊
马，虎，和睦地并立千年
你发现另一种时间磨光的工艺

粗糙的石头润泽闪亮，几乎成为
风中抖动的鬃毛，扬起打着响鼻的面孔
动物柔顺的灵魂被经久的岁月磨出
在轻轻地吐出初冬早晨的团团哈气

这得归功于孩子们和早已作古的
历代孩童，他们曾经骑上
这些盘角的绵羊、配鞍的石马
朝着虚无进发，从一个朝代向下一朝代

孩子们骑上爬下，每一瞬间
都在打磨钻石一样的光。时间的消逝

不再磨损，它在经验世界的身躯上
打磨出一道永恒的亮光，像孩童们

在游戏中，把一种磨损的力量
变成永无终结的耐心的磨出
骑在这些复活的石头身上
仿佛依然能够追赶清明上河的集市

在古城老街的一条青石路上
过往的全部岁月坎坷依旧在
被水泼湿的磨光的石板上闪闪发亮
似乎这就是那条路，将通向不朽

选自《江南诗》2019年第1期“首推诗人”栏目

评鉴与感悟

一首饱含君子之风的诗歌，低声部的叙述，沉稳的语调，感受性的细节，人世的气息，感性和理性的中和与匀注：诗歌平衡木上的完美制衡。诗歌以宽广的时间尺度观照和省思日常经验，从已见之物推演、跃迁至未见之物，它由石雕群“粗糙的石头润泽闪亮”，想象一代又一代游戏的孩童骑上爬下，“打磨钻石一样的光”，使石雕们获得呼吸的能力和“柔顺的灵魂”，进而指明：“时间的消逝/不再磨损，它在经验世界的身躯上/打磨出一道永恒的亮光，像孩童们//在游戏中，把一种磨损的力量/变成永无终结的耐心的磨出”，游戏的孩童赋予过去和石雕以不朽，而时间则自我纠偏，完成增殖和救赎。在这点上，此诗印证了诗人自己的表述：诗歌通过“对细节的主题化和对偶然境遇的语境化处理”，“重新组织了经验与意义的关联方式”，提供了“一种微观的认知方式”和“意义实践的隐喻图式”。(苏野)

斑　马

/龚学敏

草原再辽阔，也要给自己的心安上栏杆。
在非洲的辞典里吃草，
海风像透明的篦子，让草，
比别处单纯，
让身上的标语，成为草原的封面。
在自己的内心狂奔。收敛的水，
把素食主义的黎明洗成童话。
天地平铺，一页纸可以号令所有的
安静。
提醒所有的城市用街道的食管噬草。
城市不停地繁衍，
不停地给自己设置禁欲的栏杆。
童话被沥青的印刷费廉价成免费的
流量。
不得睡眠，不得哄骗未成年的黑白，
不得口口相传，用空气的喇叭
草原越来越小。直到成为铺在大地的

城市的皮上
一颗叫作动物园的钉子，
钉子内部的栏杆，用来阻拦草流出的血。

选自《封面新闻》2019年12月19日“读首诗”

评鉴与感悟

这首诗以斑马为题，看内容似乎在写草原，实际上是在写城市和自然的冲突。龚学敏的写作历来非常重视语言，形成了他特有的感觉：“一页纸可以号令所有的安静”，“钉子内部的栏杆”。他的语言结构或者说句子之间的连接也显得不同于常规认知，比如这首，以“斑马”这个点为圆心，围绕着它，汇聚各种思想、认知和感受。他并不在意上下词之间的顺畅转合与发展，他在意的是表达本身。这首诗的奇特在于它充满了丰富、精准的形象观点和对人类现状的正视。（潘维）

青海的草

/古马

二月呵，马蹄轻些再轻些
别让积雪下的白骨误作千里之外的捣衣声

和岩石蹲在一起
三月的风也学会沉默

而四月的马背上
一朵爱唱歌的云散开青草的发辫

青青的阳光漂洗着灵魂的旧衣裳
蝴蝶干净又新鲜

蝴蝶蝴蝶
青海柔嫩的草尖上晾着地狱晒着天堂

选自诗集《扎尔那草园》，人民文学出版社2019年11月版阅读古马的诗作，感受到一种强烈的时间意识和记忆的力量。在不无阔大而略显苍凉的时间背景中，生存在与时间撞击中以略带悲悯的气息被凸现出来。

“用落叶交谈/一只觅食的灰鼠/像突然的楔子打进谈话之间/寂静，没有空隙”（《罗布林卡的落叶》）。作为个体的诗人在落叶面前的低语和对话正呈示了对生存的本真思考与省思，“落叶是秋天除不尽的余数”……而我尤其喜爱《青海的草》这首诗，在此我领略了时间在青草这微小而强大的事物面前的生机和灰烬 。“二月呵，马蹄轻些再轻些/别让积雪下的白骨误作千里之外的捣衣声//和岩石蹲在一起/三月的风也学会沉默//而四月的马背上/一朵爱唱歌的云散开青草的发辫//青青的阳光漂洗着灵魂的旧衣裳/蝴蝶干净又新鲜//蝴蝶蝴蝶/青海柔嫩的草尖上晾着地狱晒着天堂”（《青海的草》）。积雪掩埋下的二月，墨水是否足够用来痛哭？三月里弱息的风和四月里时间的敞亮感以及清新的泥草的气息应该有足够的力量承担起灵魂的负累和语言的照亮与命名。在古马的诗里，这种无处不在的时间和其中浸润的独特体验几乎成了诗人写作的一个背景甚至宿命。在庞大的风中，“认识你自身”成为诗人不得不接受的挑战和隐喻。（霍俊明）

谁把大海打得口吐白沫

/顾北

我站在悬崖看风景
海水把起皱的皮肤卷起来
缓缓推向岸边
这时我就想
大海老了
正在做拉皮美容呢

可突然在我脚下
一声轰响
我看见大海被谁打得口吐白沫
直挺挺晕了过去

选自《一意孤行（反克2009—2018）》，百花洲文艺出版社2019年版顾北是反克诗派代表诗人。这首诗选自《一意孤行（反克2009—2018）》一书。一直以来，顾北在写作上遵循“不依常理的冷酷”，短诗多出奇制胜，著名诗人汤养宗称其为“后现代诗歌情感与场景的精湛设计者”。本诗即很好呈现了诗人某一瞬间的奇异想象。在对大海充满温情的缓缓叙述之后，下一节突发奇想，摔在悬崖下的海浪被拟人化，“我看见大海被谁打得口吐白沫/直挺挺晕了过去”。这样充满戏剧化的场景描写，极大提升了诗意与张力。（林典铇）

开花的地方

/韩文戈

我坐在一万年前开花的地方
今天，这里又开了一朵花。
一万年前跑过去的松鼠，已化成了石头
安静地等待松子落下。
我的周围，漫山摇晃的黄栌树，
山间翻涌的风
停息在峰巅上的云朵
我抖动着身上的尘土，它们缓慢落下
一万年也是这样，缓慢落下
尘土托举着人世
一万年托举着那朵尘世的花。

选自《诗选刊》2019年第10期

评鉴与感悟

一个人，在开花的地方等什么？一万年，“跑过来的松鼠都化成了石头”，还要等什么？尘归尘，土归土，“尘土托举着人世”，到底为了什么？这里的诗人，就像一个坐禅的高僧，不言不语，不瘟不火，无声无息。

超凡脱俗之人，必有奇险的经历，这从“我的周围，漫山摇晃的黄栌树/山间翻涌的风/停息在峰巅上的云朵”也能猜度出来。诗人“抖动着身上的尘土”，让负重的白云“缓慢落下”，不仅是一种悲悯，更是一种参透与超脱的情怀。

“一万年也是这样，缓慢落下/尘土托举着人世/一万年托举着那朵尘世的花。”最后一节，万年成了一种承诺，一切的等待，都只是为了那朵花开。即便“今天，这里又开了一朵花”但是，依然在等，只要心中的圣洁，一人能懂，就足矣。(崔友)

湖　泊

/寒城

如相忘于诸多奔走的脚步以及尽褪铅华之物
隆冬之水，已安静如湖泊

我指的是前一天我曾见到过的几个零星的湖泊
它们散落于大雪的午后，如伤口一般明亮、夺目

它们仿佛钉在了这无边的苍茫之中
一种孤立的静因为广阔而使我心生不安

而他们、它们是否也曾莫名的闯入。在不定的时刻
他们、它们又去向了何处

天色渐暗。
自四面赶来的暮色正在迅速合围

这时候我耽于与一面湖泊的对峙

仿佛这大地之镜已照见我所有的善恶

选自微信公众号“建安部落”2019年12月20日

评鉴与感悟

早就读过寒城的这首诗歌，当时就感触很深。这般年纪能通过回忆，物我两忘，穿越生死，以至到豁达境界，我猜想他肯定在某个时段经历了痛彻和震撼。

毋庸置疑，是这首诗的整体气息打动了我。隆冬之水——几个零星散步的湖泊，订在大雪过后的苍茫大地上，如伤口般明亮夺目。就在这种寂静和广阔中，心生不安地等待着暮色四合。时间总会让世间物是人非，悲凉穿越心境，只留下遗世独立的自己。（见君）

我知道

/胡茗茗

乌云一步步将厚被子压下来
暴风雪告诉我的绝望，命令我
递上前额，在亲吻、刀子、弹奏里
有从上到下的歉疚，还有我的男人
和他的荒凉

天地模糊，湿滑里有恐惧之美
我担心听到车辆相撞的声音，担心
认真的雪把雪下得过于认真
我的男人，就在这担心里

白萝卜与牛肉在锅里纠缠
因为火，和油盐之苦
它们吊出彼此最深沉的香味
我知道，我的男人就在这热汤里

雪把血流给土，白把告白流向黑

天神把烛火点亮又慢慢收走
我知道，在这太快的流逝里
我的男人吓坏了，他带着
要命的荣耀，未必真的死去

选自《诗刊》2019年11月上半月刊

评鉴与感悟

好诗大都美在言外之意。看胡茗茗的诗歌，感受至深，没想到，一桩看似能调出点香味的婚姻中，却隐藏无数的凄婉。作者拼命用名词遮掩动词，用平静压住波澜，到底是为什么？乌云下，要“递上前额，在亲吻、刀子、弹奏里/有从上到下的歉疚”是怎样的一种悲凉？带着这些疑问，一句句体会作者的处境，体会她的难言之隐，体会“白萝卜与牛肉在锅里纠缠”的感受“和油盐之苦”的辛酸，一句句体会作者挤出来的微笑，你就会生出许多唏嘘来。或许，我们已经习惯于忍受，也许我们就是那“天神把烛火点亮又慢慢收走”之人，或者就是背着“ 要命的荣耀”，“未必真的死去”之人。（崔友）

甘蔗田

/胡弦

这一生，你可能偶尔经过甘蔗田，
偶尔经过穷人的清晨。
日子是苦的，甘蔗是甜的。

不管人间有过怎样的变故，甘蔗都是甜的。
它把糖运往每一个日子，运往
我们搅拌咖啡的日子。

曾经，甘蔗林沙沙响，一个穷人
也有他的神：他把苦含在嘴里，一开口，
词语总是甜的。

轧糖厂也在不远的地方。
机器多么有力，它轧出糖，吐掉残渣。
——冲动早已过去了，这钢铁和它拥有的力量
知道一些，糖和蔗农都不知道的事。

这一生，你偶尔会经过甘蔗田。
淡淡薄雾里，幼苗们刚刚长出地面，
傍着去年的遍地刀痕。

选自《诗刊》2019年8月上半月刊“方阵”栏目

评鉴与感悟

写农村的生活，越来越难，写不好，就会落入俗套。胡弦的《甘蔗林》抓住了“苦”和“甜”这组对立的意象，用“日子是苦的，甘蔗是甜的”，“苦含在嘴里一开口，/词语总是甜的”引起人们的深思。在苦和甜的转换中，找到农村和城市失衡的状态。对为啥蔗甜嘴苦，默默忍受的蔗农是毫不留意，更不会深究的，他们只是日复一日地劳作，只有“轧出糖，吐掉残渣”的钢铁知晓。时代不可抗拒，即便蔗农们盼望的“幼苗们刚刚长出地面”也不过是“傍着去年的遍地刀痕”。自然，这不仅是蔗农的不幸，也是我们每一个人面临的问题。(崔友)

平武读山记

/胡弦

我爱一再崩溃的山河，爱这危崖
如爱乱世。
岩层倾斜，我爱这
犹被盛怒掌控的队列。

……回声中，大地
猛然拱起。我爱那在空中
断裂的力，以及它捕获的
关于伤痕和星辰的记忆。

我爱绝顶，也爱那从绝顶
滚落的巨石一如它
爱着深渊：一颗失败的心，余生至死，
爱着沉沉灾难。

选自《学习方法报·语文新势力》2019年7月16日

如果我们单单以学理的、分析的方式考察胡弦的这种写法，整理出一些条条框框，我们也许会觉得他的方式并不新鲜，甚至可以罗列出很多使用过类似写法的诗人与作品。在西方现代诗歌中，客观化、戏剧化的手段早已为人们所常用。在中国新诗中，早在现代时段，不少诗人已经开始尝试诗的多种可能，卞之琳、穆旦、郑敏等等为我们留下了丰富的诗歌艺术的资源。而且在当下，诗的及物性也已经成为诗歌界的普遍共识。在这样一种积淀和流行的多面夹击之中，我们之所以还要说胡弦的诗是新鲜的，别样的，与众不同的，是因为他在通用的写法之中加入了属于自己的元素，改造了语言的结构，赋予它以新的可能和力量。比如，他的及物追求不是对那种世俗的、琐屑的物象的呈现，尤其不是那种表象式的呈现，而是通过一种历史的、文化的、精神的穿越，把自己以及自己感受的一切放置在一个博大的、深厚的历史时空中进行诗意的考辨。“我爱那在空中断裂的力，以及它捕获的/关于伤痕和星辰的记忆”，这或许可以看成是诗人对待生命和艺术的一种基本追求，“力”以及与之相关的“伤痕和星辰的记忆”是诗人通过其独特的话语方式所要发掘的诗意。于是他说：“我爱绝顶，也爱那从绝顶/滚落的巨石一如它/爱着深渊：一颗失败的心，余生至死，/爱着沉沉灾难。”这种力量，既是语言的力量，也是来自独特发现的精神的力量。(蒋登科)

21克之诗

/怀金

美国医生邓肯·麦克杜格尔，
这小子应该是个疯子。我无数次
把胳膊伸过大洋，握了握那双
白皙的手。

在麻省的一家医院里，
他做了一个空前的实验：
称量一名垂死的结核病人，瞬间，
轻了21克。他认定这21克
就是灵魂的重量。
至今，没有人延续这样的实验。
没有人。

这改变了我对20世纪初
那晦暗的看法。天亮了一下，
上帝就站在那里。
就像我小时候，反复地

去拆散收音机，找到
那个发声的人。

两枚硬币，一只蜂鸟?
女人说，21克也就是
两根项链的重量。我倾向于
这个具象的说法：灵魂
就是一根项链。说这话时，
女人在阳台给小猫洗澡，我在望云。
就看到一个女人，走到
停在马路边的车前，用后视镜
看了一下自己的脸，
然后离开。

选自《江南诗》2019年第2期“首推诗人”栏目

评鉴与感悟

今天，无论写诗还是读诗，我们似乎默许了这样一个不成文的定理：规避那些大词，诸如“灵魂”“上帝”“祖国”；如果说完全规避是不可能的，至少也要慎之又慎地使用。但我认为，即便认为技术规避是对的，也不等于我们可以取消它们所代表的问题的存在。换句话说，正面的切入或许不再适宜，迂回接近或旁敲侧击却十分必要，而这也是我们必须面对的又一个“非如此不可”。

《21克之诗》就是这样做的，甚至将“21克”用来做了“灵魂”的转喻修辞。诗人在选择处理“灵魂”这个难写的主题前，也许考虑到了切入角度的问题，这使他有意避开了“正面强攻”那种大而无当而且很可能是无效的方式。于是他采取了一种反讽、近于戏谑的语气开始诗歌的第一行。

这样的语气并不是诗人们第一次如此使用，而且必须说明，其中暗含了危险的因素，即可能消解主题的严肃性，而如果消解过度，就很可能导致相反的效果。所以，在诗的第二节末尾，我们可以看到作者“反拨”了一下意义的指针：“至今，没有人延续这样的实验。/没有人。”重复和强调的严肃性，有效防止了诗意在反讽的单一向度上打滑、失控，毕竟，“灵魂”之存在与否是一个紧要、不能轻易玩笑的问题（我不否认有人会故意那样，但那是另外一个问题）。

整体来看，这是一首非常有趣的诗，所以我们也不必夸大它的严肃性（虽然它的主题，的确是严肃的）。诗人的态度始终是松弛的、风趣的，他说出了几个有趣的细节，甚至表明了他的“倾向性”，但他的意图仍然只是提出问题，他并不提出任何凝固的结论（诗歌也不需要结论）。所以，这也是一首开放的诗，能够激起我们的联想和追问，用一位波兰诗人的诗说：毕竟，我们也只是偶尔有灵魂。（李以亮）

见闻录

/黄海兮

在诗中我羞于提到水稻
故乡的楼房和道路
蔓延到整个原野
麻雀已习惯广场舞的音乐节奏

选自《作家》2019年第9期

评鉴与感悟

如何见证和听闻这个世界?《见闻录》提供了通道和可能。“水稻”与“麻雀”是乡村经验,而“楼房”和“广场舞”属城市日常,短短四行之内,现实的对立和悖论在《见闻录》里不动声色地呈现。但诗的价值,并不囿限在愤怒、呐喊等抒情的范畴,更大的意义在于宽容与和解,所以,“蔓延”“习惯”在《见闻录》里,不仅仅是技术层面的语言操作,而是一个现代汉语诗人的世界观和自然观,开头第一行的“羞于”早已露出端倪。(哨兵)

松针是另一种时间

/霍俊明

“仿佛我们一夜之间就成了古人。”
空怀故人之心。
时如流水的道理你我都懂

罗汉松，不是罗汉的一种树
松针是另一种时间

不到片刻，它们
已落满头顶

我们似乎已经没有地方可去
安静的呼吸是整个南方的夏天

如果此刻在山中
可提前进入万籁的暮晚

你却害怕

那些突然出现的灰色松鼠
它们跳得太快了
松针在此刻也变得寂静

选自《华西都市报·小封读诗》2019年5月12日

评鉴与感悟

单看诗歌的标题“松针是另一种时间”，可将其中的“松针”换成任意具象，甚至反过来说“时间是另一种松针”。这个句子本身的合理性都是毋庸置疑的，且一首诗歌的张力在最开始就得到了展开，在具象和抽象间的转换。接下来出现的“故人”“暮晚”“罗汉松”等带有浓烈古典意蕴的意象将诗意的流向带到开阔的境界，从而引发读者更多关于人生的想象和思考。这首诗歌共有六小节即由六个画面组成，每个画面都能烘托出一种“寂静”的气氛。直到“你却害怕/那些突然出现的灰色松鼠”出现，诗歌的抒情主体由开始的“我们”变为“你”，诗中的“寂静”就并非是声音的消失了，而是心跳的回声，是时间路过后万物的表情。这首诗在霍俊明的整个写作谱系中算是个“异类”，它在一定程度上弱化了叙事，让内心意识获得更大的自由，像一条清澈的河流流淌在它自己的峡谷中，既有语言和意象间的转换带来的陡峭之美，也有情感的内敛与节制带来的从容与平静。总而言之：意、味、深、长。（王单单）

红高粱

/见君

青石安详，夏季跪地而亡。
开过花后，诸事一一结籽，
在天空整理衣裳。

短暂的河流，黑色的河流，
在秋风吹落我们的草帽前，
仍旧砍下头颅。

我们收割高粱，
火红的，无边的高粱，
长在干净的泥土上。

选自微信公众号“建安部落”2019年2月16日

见君的诗自有他的“暗光”潜质，似悬崖或黑洞中参与论辩既而进入螺旋式参悟之道，主题词关乎“死亡”和“命运”。

在一首（如《红高粱》）或多首短诗中，呈现“命运的洪流”并不容易，更何况他又力拒庸常语境和惯性日常词汇构建。他需要和正在打造着一个独特的异化的冲破规则感的又不失哲学灯芯的空间，用于放置思想与深水互为映照的镜面。于是，偶或陷入一种孤绝状态实在是会的。这可能会产生“危险”，却又坦荡荡容得下“自由”。而在见君这里，诗人与其诗歌的“危险关系”，我觉得特别有意思。这种纵深关系中，更多时候见君是游移在见君之外打量世界和肉身的，而见君又在见君的某一个指令和繁复意象中自行幻化成他们的合体代言者。他们不仅仅是一个物象了，不是一道门、一个人，他们是万物，又不仅是万物。

比如在《红高粱》中，他们成为植株，行走的和即将告别大地的高粱。读这首，头脑还闪现出古希腊哲学家阿那克西曼德和赫拉克利特最早提出的圆圈式发展思想，说“无限”或“火”为万物的“始基”，一切事物都产生于它，又复归于它。后来这种单纯的“圆圈”理论又发展至：发展的螺旋式。在《红高粱》中我看到了如弹簧型的一个个的具有螺旋曲线的圆圈圈。那种命运的冲力和沉重感。在时间的河流之中，一株高粱、一片火红的待收的完成了自然生长使命的高粱，一个人、一群踯躅于原地又不断出走的人群，“我们收割高粱”，也是收割自己，万物握紧了胸口“结籽”的“隐秘之罪”，复归又新长于泥土。(左小词)

祝福蝴蝶

/剑男

瓦片上停着一只蝴蝶，刺花上也停着一只
瓦片上的蝴蝶一动不动
如落叶，刺花上的蝴蝶随着花枝的摆动而摆动
如另一朵花
我喜欢一切安静、懂得收敛的事物
也不反感它们从前轻浮的追逐
啊，一只蝴蝶停在瓦片上，祝福它远离喧嚣
一只蝴蝶停在刺花上，祝福它仍眷恋着红尘
祝福瓦片上的蝴蝶获得安宁
祝福刺花上的蝴蝶也有不得不接受的、命运的刺

选自《人民文学》2019年第6期

评鉴与感悟

这是一首咏物诗。“我”对蝴蝶的观照也是诗人自我生命的观照，诗歌的微妙体现在“祝福”二字上，瓦片上的蝴蝶和刺花上的蝴蝶对应的是人的两种生命状态，“祝福”表现了对这两种生命状态的宽容和理解。诗歌语言素雅，诗意生发自然，跳出了众多歌咏蝴蝶诗歌的俗套，也是一首难得的抒情短诗。（林典铇）

花椒木

/江非

有一年，我在黄昏里劈柴
那是新年，或者
新年的前一天
天更冷了，有一个陌生人
要来造访
我要提前在我的黄昏里劈取一些新的柴木

劈柴的时候
我没有过多地用力
只是低低地举起镐头
也没有像父亲那样
咬紧牙关
全身地扑下去，呼气

我只是先找来了一些木头
榆木、槐木和杨木
它们都是废弃多年的木料

把这些剩余的时光
混杂地拢在一起

我轻轻地把镐头伸进去
像伸进一条时光的缝隙
再深入一些
碰到了时光的峭壁

我想着那个还在路上的陌生人
在一块花椒木上停了下来
那是一块很老的木头了
当年父亲曾经劈过它
但是不知为什么却留了下来

它的样子，还是从前的
没有发生任何改变
好像时光也惧怕花椒的气息
没有做任何的深入

好像时光也要停了下来
面对一个呛鼻的敌人
我在黄昏里劈着那些柴木
那些时光的碎片
好像那个陌生人，已经来了
但是一个深情的人，在取暖的路上
深情地停了下来

选自《学习方法报·语文新势力》2019年11月5日

在江非的诗歌世界中，我们还可以看到诗人的记忆、经验和历史想象力成为吸附诗人灵魂和良知的磁铁的魅力。当后工业化语境在相反的向度上加重了江非对“土地”的本原性启悟和难以言说的复杂感怀之后，江非在他的诗歌中完好地葆有了对知性与感性、吟咏与陈述、内心与现场、记忆与当下、现实与历史、独白与互否、紧张与调侃、融合和包容的能力，这种能力让他的叙述在诗歌中体现了一种超强的语言和思辨活力。在一种干净、沉重、朴素、精准的语言开掘中，当江非想让时间和乡村和历史紧密联系在一起的时候，时间很快就在此刻静止，一切都以特写的方式沉潜下来。江非的诗擦亮了往事，也使乡村充满了生命感。江非已经把诗歌看作了是对于时间的处理，并通过诗歌对于时间的固定，在挽留，在抵抗，在挽回一代人在尴尬中的精神尊严。在江非的《花椒木》《我在春天开始伐一棵树》《劈柴的那个人还在劈柴》等诗作中，很多关于砍柴、劈柴、伐木的情景（意象）时时闪现，这种古老的带有典型的农耕情调的情节、场景，一经固定，即成了永恒的记忆。《花椒木》正是江非以他特有的诗歌方式处理时间的代表之作。在这首诗里，江非相当出色地运用乡野事物，并以优异的想象力呈现出了一个强烈的个人性但带有普遍性历史的记忆，在浓重的感伤、温暖、迟疑、怀恋的光阴景象中，让时光按照他的方式“停了下来”。在不动声色的叙说和平常的细节中，江非为我们呈现出了记忆与遗忘的冲突，但又说出了人的记忆的能力最终要战胜时间以及历史的真理。在躬身向下劈柴的劳作中，江非和《花椒木》中那个缺席却又在场的神秘的“陌生人”，一次又一次地唤醒了我们的记忆，并告诉我们：永恒的时间都不可怕，何况是这么一个物欲横流的时代？诗人的身份就是战斗，诗人的描述就是抵抗。（霍俊明）

词与物

/江雪

一个苹果像一个词
从树上落下
一个词像一个苹果
被欲望切成两半

一根蜡烛像一个词
被风轻轻吹灭
一个词像一根蜡烛
在黑暗中发出灵光

一个人像一个词
消失在典籍中
一个词像一个人
被哀悼和纪念

一头猪像一个词
生活在人类构造的动物庄园

一个词像一头猪
常常被活埋于深坑之中

选自《江南诗》2019年第5期

评鉴与感悟

《词与物》是福柯阐发其知识考古学思想的名著，江雪的这首同名诗歌和知识考古学可能没有关系，但却与福柯这部著作的结构主义有着某种关联。诗人建构了一种游戏式的场景，然后在不断的对弈过程中，试图找到游戏背后具有本质化倾向的思维结构或文化结构。诗的形式十分整饬，表面看是种平行的语言层次，但如果深究其中的隐喻，却会发现它是层层递进的。从“一个苹果”到“一根蜡烛”，从“一个人”到“一头猪”，诗人的议论具有高度的概括性，面向的范围也十分广阔，从人的欲望到人的意志，再到抽象的社会情形，诗人以结果呈现的方式分析了其中的普遍性，并始终传达出一种巨大的热情，因而在构建诗歌深刻的内涵之同时，它没有滑向完全的哲学性表达。(楼河)

十一月三十日

/蒋浩

我们步行去海边散步，
拥抱时又慌如失去。
落日下芭茅摇着白头，
好看翠鸟点点滴滴。

海因反光而格外幽深。
孩子们在沙滩追逐，
摔倒，手脚埋进沙里。
波浪轻声斥责又偷笑。

那绝不是我们的孩子。
不是你。船消失了，
才响起好幽雅的汽笛。
半边身体有了凉意。

我回家，路烂在街道；
你的裙裾擦过树梢，

首饰亮如群星，讪着，
为我拧开树杈的台灯。

选自《江南诗》2019年第4期“江南风”栏目

评鉴与感悟

这首诗的每一节都如同绝句，清练而又曲折，诗歌在视觉形式、句法、节奏上保持着简洁美观，但诗人却从容自如地将幽曲变幻和某种险境装置其中，这种张力使这首海滨风景诗变得不平静。在诗中，步行到海边的“我们”，既是风景的观看者，也构成这开阔、幽雅甚至略显热闹的风景的因素。不同于芭茅、翠鸟和嬉戏的孩子——这些像海滨风景的常量，是它日常、稳定的构成；步行到这里的“我们”则像风景的变量，像离开某种场景到此的“幽独者”。我们来了又离开，完成对风景主体价值的一次深化。“我们”是某种心理事件的携带者，在海边“拥抱慌如失去”；“半边身体有了凉意”后，我们似乎又被风景舒缓、净化。在这时，重新回到城市，“路烂在街道”，“你”也具体、清晰，纳留意识中的“风景”赋予了我们新的眼光。（梁小静）

獐　山

/津渡

山上，不知山下的时光。
那惊惶跳起的小动物，转瞬不见。
而青苔，惯于把鹿道上的蹄印掩盖。
黄昏，我在木屋里趺坐
细小的尘埃
无法左右自己，因为光柱的消失而遁于无形。
我先是听到了整座山的空寂，树叶的凋落
然后，才是水壶里的沸鸣。
星云汹涌，在无边的夜空里展开
宇宙忙于自身的建造与毁坏
并不怜悯任何孤单的个体。

选自《江南诗》2019年第1期“江南风”栏目

评鉴与感悟

一首确认天地万物之渺小和虚无的诗歌，一首献给在浩瀚宇宙中一切即将消逝之物和终将消逝之物的哀歌，视野辽阔，语调舒缓而坚定，散发着“从容不迫的谦逊”（德勒兹语），宛若“人生寄一世，奄忽若飙尘”“人生忽如寄，寿无金石固”的苍凉回响。正是由于诗人内心所充盈着的巨大虚无，他才能首先听到山的空寂和树叶的凋落。它让我再次坚信，即使作为重言和再书写，诗歌有时候也只需返归语言的本源和传统，返归人之为人的古老恐惧和终极悲哀，即已能够唤醒存在之思：聆听虚无，是一个优秀诗人不可或缺的重要美德。首句对“山上”和“山下”的空间区隔，是典型的津渡式冷静与克制，这既是为“孤单”张本，也使诗歌超越了褊狭的自我哀怜，而获得了沉思的高贵与代偿，以及俯视尘世的精神力量。（苏野）

海产品商店

/柯健君

小镇最僻静的角落里散发出浓浓的海腥味
阿婆靠着木门吆喝——
海鲜……海鲜啦……炊皮、鳗香、紫菜……
尖脆的声音像畚斗上晒干的虾和鲳鱼
曾经在海里发出的那样
游客站在摊前，指着这个，或那个
三斤，或五斤。仿佛
每个人都认领了一小块海回去

选自《诗刊》2019年7月上半月刊“每月诗星”栏目

评鉴与感悟

柯健君用一首很短的诗，收容了一个很大的海产品商店。这个商店很热闹，有众多海鲜，有阿婆大声的吆喝，有买这买那的许多游客，寥寥几句，就呈现出一个清明上河图的样子。但是作者发力点并不在此，而在于“每个人都认领了一小块海回去”。这一片认领的海是什么？是渔民们艰辛的生活状态，是“浓浓的海腥味”里的无奈。生活里，每个人都有这样一片海，都有自己的吆喝，都有时时“尖锐的声音”。买回一小片海，就能品味到生活的艰辛。诗歌不以多取胜，不以虚为所求，诗人只要站在高处，扼住人性，把人看透，就能达到出其不意、厚在其中的效果。（崔友）

下午之境

/柯秀贤

下午的镜窗蓄满湖水
风从对岸的山坳吹来
没有时间转场
也不考究存在的意义
湖面却被我逐一读出涟漪
甚至一尾鱼，裸露它的背鳍
在立体的视线里跳跃
扑腾着很小的水花
波光浩荡，如果不够耐心
你无法感知得到
当然，这细微的动静
无关紧要，只不过我进一步推测
它很可能是对它所承载的
一切倒影的一种消解
特别对于浮云

选自《诗刊》2019年第10期

整体上来说，这首诗所展现的是一种“感觉”之境：诗人沉浸在自己最细微的知觉反应中，敏锐地捕捉、在意感官的作用，从而使我们寻常所见的世俗世界在感觉的映射下产生新的意境美。具体言之，因为钟情于用微妙而纯粹的感觉去观照世界，湖水才有了微澜，山风也有了吹拂，而正是对这湖水微澜和山风拂动之感觉的不自觉沉溺中，物化的时间和外化的存在都失去了作用与意义，因为沉溺于此境界中即是一种更自在的“宁静”与“意义”。同时，诗歌中对鱼儿跳跃之情景“特写”式的细致描写，将微小的动作加以放大，从而延长了动作的时间，表明“感知”会使我们习以为常的世界变得更立体，更有活力。需要强调的是，如果说感觉使“湖水”和“山风”发生了从外部之“静”到外部之“动”再到内在之“静”的变化的话，它则在对“鱼儿”之“动态”的延伸中，让我们体味到一种由时间拉长而产生的“静谧”与“开阔”。因此，“感觉”的魅力其实就在于它能从“细微的动静”里为我们呈现出另一种相对宁静和自由的美好境界——如同“鱼儿”之“跳跃”打破了倒映在湖面的“浮云”之影一样，“感觉”消解了我们在宏观世界里惯以信之的包括“浮云”在内的正确的东西，即所谓的“意义”（尽管感觉世界一定程度上也是宏观世界的倒影，因为感知的对象来自宏观世界）——而这种境界正是我们一直苦苦追索的“存在的意义”。整首诗不仅将感觉和外景相联系，还由景及理，用景喻理，细腻含蓄，富有意味！（程安宁）

世界情感

/孔令剑

我爱这路旁不知名的野草，我爱
它枯而又生的新绿，我爱它同时
拥有一个冬季的允诺、一个春天的默许
我爱它叶枝间的即将，一颗晨露
——人间之水，大地的球形。我爱
它所护送的道路，这道路所不能到达的
无人之境，我注定在那里消失于无我
在群草的迎接、乱石的明证，在空谷
之风、弱溪之流——我们都是时间之身
在太阳之光的澄明。我更爱这人世
——道路连接的每一个城市和村庄，我爱
它们的喧嚣、烟火之声、建筑之语
这路上走过的每一个人，我爱
我们在我们所在——境遇之所、行动之梦
每一条道路都怀有世界的一种模型
我爱这无畏之爱，她赐我一片天空：

白昼，赋我如流云；夜晚，嘱我似星辰

选自《诗刊·上半月》2019年第12期“青春诗会”专号

评鉴与感悟

诗歌是情感的传递者，更是时代深刻的记录者，如果在吟哦之中，能参悟到爱的真谛，那么，就是好诗。正所谓：好诗常借力，万物皆知己。孔令剑这首诗歌，表面看是铺陈了野草、新绿、枝叶、晨露、空谷、溪流、村庄、流云等众多事物，但是作者巧妙赋予了这些事物很深的情感，让它们各自替作者伸出触角，探索人类大爱，各种事物便成为明证、允诺、默许，有了“太阳之光的澄明”。因为有爱，所以诗作者感受到了“每一条道路都怀有世界的一种模型”，每一个细小的事物都有了灵性，有血肉之感，它们在恰当的位置上，发出恰当的声音：“我爱这无畏之爱，她赐我一片天空：/白昼，赋我如流云；夜晚，嘱我似星辰。”这种“赐予”，也就顺理成章，替作者完成了一种生命的探索与升华。读此诗，再联想起人类命运共同体之命题，的确有着大彻大悟之感。(崔友)

玻　璃

/蓝紫

从商场，到居室，每一栋高楼
到处都是它的影子
没人知道它的内心
没人听懂它说过的话
它看起来若有若无
有光，就明亮
并在黑夜中隐藏自身

厚厚的墙壁只是嵌住了它的静谧
却嵌不住它绷紧的寂静里那巨大的疯狂

选自《广州文艺》2019年第6期

评鉴与感悟

玻璃随处可见，从商场到居所，无处不在。正因为太平常了，没有人会注意到它。“没人知道它的内心/没人听懂它说过的话”，就像一个平凡的人，生活在人群中，却活在自己的内心世界里。低调，沉默寡言，随处可见他孤独的身影，却又容易被忽视。“它看起来若有若无/有光，就明亮/并在黑夜中隐藏自身”，诗人描绘的是玻璃的形象，又像是写一个可有可无、无足轻重的普通人，平静地生活在喧嚣的闹市之中。内心有只困兽，墙只是锁住了他的自由，绷紧的寂静里隐藏着巨大的疯狂。（刘小云）

他遇见

/老房子

树叶，被阴雨吮干了，皱在一场雪的
平缓之前
这些季节的插页是被风化的尘埃

一片一片抽出后，掉在
小区光秃的石子路上。掉在路边
荒草之外白线以内
排列成行的私家车引擎盖、雨刮器和车顶子上。不时
被拉走，又被一路抛弃

“落在年关前的生命
是不是就固执这样一种痉挛的姿势
其他的呢？”
——一位自言自语的车主

正好，他遇见

选自《草堂》2019年第9期

评鉴与感悟

老房子的诗歌一直简练而深沉。这首《他遇见》明明应该有大段的描述，他却一概不提，只是从另一个角度描写了“被阴雨吮干了 ”的树叶，掉在路边的“荒草之外白线以内”，落在“ 排列成行的私家车引擎盖、雨刮器和车顶子上”，“被拉走，又被一路抛弃”——这是一种命运的捉弄，也是一种生命的无奈。面对落叶，一位车主自言自语，颓废的情绪被“他遇见”，这一“遇”，给人无限想象的空间，是谁？为了什么？所有的疑问已经都不重要，重要的是，我们会不会从这首诗中，遇到了无法解释的自己。（崔友）

可可西里

/老信

雨说来就来。说走就走
雪本来走了。转身又回来
刚刚被阳光温暖了一下。黑夜
就冷得措手不及
牦牛是最棒的身体
羊群是最美丽的诗句
藏羚羊。野驴。雪豹。秃鹫
还有叫得最凶的狼
它们都是贫瘠的消费者

这里是无人区。忽然。那边
黑黑矮矮的房里
传出女人细细的声音

选自诗集《蓝：检察诗人14家》，中国文联出版社2018年11月版

评鉴与感悟

表面上，老信很严肃，诗歌里，老信却是一个机智幽默的人，他写诗喜欢不露声色，先是尽情描摹山水、风雪、草木！突然，他会放出一只雪豹、白狐，或者一只小松鼠，让你一惊。这首诗歌亦然，他先写可可西里的阳光雨雪，牦牛和羊群，然后写“藏羚羊。野驴。雪豹。秃鹫。还有叫得最凶的狼”。从逐渐恶劣的环境中，你能感觉到一些紧张的气息，但是你绝对不会料到他在诗歌的收尾处会忽然写道，从无人区那边“黑黑矮矮的房里/传出女人细细的声音”——也许，这才是真正的可可西里，有荒凉的野地，野蛮的竞争，更有人性的光芒，离开人，可可西里就什么也不是。(崔友)

灰树林

/雷默

众鸟在林间低飞，声声啁啾
残叶蜷缩枝头，一如命运之瑟瑟
青灰的天空下，槐树上的三只鹊巢
仿佛村子里最后的三户人家

选自《学习方法报·语文新势力》2019年10月1日

评鉴与感悟

《灰树林》一诗只有短短的四行，呈现的是由目光开辟的自然空间，为何这么说呢？因为在被噪音和多媒体视听包围的现代生活中，我们的看和听，事实上都已经出了问题。我们丧失了与自然之物的敞开、触摸、接纳与感受。雷默的诗恰恰是对这种丧失的矫正，在前三行诗中，他从视觉（众鸟低飞）写到听觉（啁啾），再到视觉性的感受（蜷缩），然后由物联想到人，以凋零的残叶来表达对“命运之瑟瑟”的深切关注——“青灰的天空下，槐树上的三只鹊巢/仿佛村子里最后三户人家”。语言朴素平淡，也没有什么奇崛的意象，传递给读者的却是“言外之意”。诗人由书写的自然之物，突然切换为带有社会属性的“村子”“人家”，而且是最后三户人家，虽然没有言明却令人产生无限遐想。在萧瑟的深秋，一幅凄冷孤独的画面。如果结合我们置身的时代，一个城市化建设快速推进、传统乡村社会日益衰微的时代，不难看出这里表达的正是诗人深深的忧思。

大诗人苏轼曾以“水镜”喻佛禅，诗如水镜，诗人用如水镜的平静诗心来捕捉现象界的一切生灭之象，却无改其自身的无动，能做到这种境界的人方为“得道”之士。佛家说，实相无相，一切皆是心生幻相。实际上，在书写中，万事万物无不是诗人内心的投影，离不开作为诗人主体的“我思”，对自然的观察、对社会的思考、实相与虚相的交织，都通过诗人的凝视呈现出它们更为真实的一面。(梁雪波)

孤独的马铃薯

/黎衡

在安第斯山阴雨的村庄
无路的积雪，渊面海岸
印第安人到来世界尽头，从地下
挖出太阳，像一种平凡的肯定
抵御着重复的寒冷

八千年后，西班牙水手把它带到伊比利亚
两百年后，骑驴客带它翻过了大巴山
一九八八或一九八九年，我等待着冬天
等待着停电的一刻
堂屋将只剩下炭火的星星

外婆将用火钳，从星云的洞穴中
为我刨出一颗滚烫的马铃薯
一个星星映照下的，热气腾腾的小站
剥开它，像黑暗田野上的一次收割
醒来我已被长途列车载远

我曾在中途下车，发现马铃薯
成了人类的地图，带着泥巴，一颗颗
四处滚动，所有的儿童捧起它
我孤身一人走了很远，感觉自己
在土地的深埋中，睡去并等待

选自《江南诗》2018年第6期“首推诗人”栏目

评鉴与感悟

不知为什么，读《孤独的马铃薯》一诗，竟然给了我一种读拉美魔幻现实主义小说的梦幻感，这或许是“安第斯山”“印第安人”“西班牙水手”等意象带给我的某种暗示，标题的“孤独”更是让我马上联想到马尔克斯的魔幻名作《百年孤独》。大跨度的时空转换（从“安第斯山阴雨的村庄”到“骑驴客带它翻过了大巴山”，从“八千年后”“两百年后”到“一九八八或一九八九年”），意象的不断挪移和叠加（从“挖出太阳”到“炭火的星星”，从“热气腾腾的小站”到“人类的地图”），让这种魔幻感体现得淋漓尽致。

从结构上看，以“从地下/挖出太阳”始，以“在土地的深埋中，睡去并等待”终，意含着所有的行走和寻找最终都将回归到大地和泥土，回归到自我的发现与教育，即便是“人类的地图”，也是带着泥土的。在这里，“我”成了一颗“孤独的马铃薯”，那“一颗颗四处滚动”的无数马铃薯中的一颗，但或许也只有这样一种彻底的奇数般的“孤独”，才能将“我”从无尽的漂泊和“重复的寒冷”中拯救出来。这首诗或许也可以看作一部带上个人印记的马铃薯简史，或者说是一部不断辨认自我的成长和教育史。

作为年轻一代诗人的代表，黎衡的诗向我们展示了一种不可言喻的微妙、精确、简洁，以及词语和意象自我繁殖的能力。（蒋立波）

我决定，用一种赴死性来书写爱情

/李浩

我决定，用一种赴死性来书写爱情
选用一只蜗牛的图腾。它爬行于刀刃，或者火焰
总之是这样的意象。刀刃将它的躯体划开，它一点点地流出血液，体内的汁，所谓骨肉的填充物，然后是肺、心脏
它把自己走成一个坚硬的壳，空空荡荡
我决定，用一种赴死性来书写爱情，它注定要经历死亡
至少是自我的一个部分，譬如鸟类的羽毛、飞翔感，譬如所谓伤透的心，它不美，它有了太多的疤痕，譬如思念的苦，它取自于胆汁，却不能在白纸上结晶，譬如
一只蜗牛向着划伤自己的寒光慢慢爬行。它爱上了这样的疼痛
爱上了消损、消逝，后知后觉

是因为不可阻挡。当它取消了耳朵，取消了可以逃脱的双足
就等于将自己交给了那种赴死性。水来，我将在水中等你，而火来，我也将毫不犹豫地和你一起投身于火中——
缓慢不属于阻挡，恰恰相反
缓慢是牵引的力量，它具备更大的韧性

它让消逝和赴死变得可以承受

……多年以来，我目睹着一只只蜗牛沉入岁月中

被打捞起的仅是它的空壳，不再是蜗牛，蜗牛的多汁早已被路耗尽

多年以来，作为匮乏翅膀的天使，我指认刀刃的寒光，提示火焰的存在，但依然无力阻止。我朝着飞向烛火的白蛾吹气，“持续的风将它整个削成，一小把火焰”——

是的，我决定，用一种赴死性来书写爱情

可我也是蜗牛。我在一遍遍的拒绝中，发现了自己身上的蜗牛性质

注：诗中引文出自普拉斯的诗句。

选自《人民文学》2019年第2期

评鉴与感悟

很久没有读到这样荡气回肠的为爱情歌唱的诗歌了，如今的爱情诗歌，要不习惯于粗口，要么过于含蓄，内敛，要不就是绕来绕去。而李浩面对强大的爱情，竟然把自己浓缩成最为弱小的蜗牛，去尝试刀锋，但这绝不是卡夫卡的甲虫，懦弱地接受所有的鄙视，更不是唐·吉诃德式大战风车的荒唐，这个蜗牛之所以敢于“用一种赴死性来书写爱情”，是因为这样的爱，值得让“持续的风将它整个削成，一小把火焰”。这样的爱需要坚贞勇敢，这样的追求就在我们身边，每个人，面对自己的追求，不献出体内的汁，骨肉的填充物，肺、心脏，不把多汁耗尽，生命还有何意义？（崔友）

与牦牛相遇

/李琦

它们突然出现
像土地躬身而起
又像一群穿深色皮衣的古人
沉默着，从现代经过

你不可能像对待一只猫或狗那样
逗弄它，说一些随便亲昵的话
它是大动物，威武、凛然
默契的高原，见过的沧桑
它对于宇宙和万物的心得
让人肃然起敬

原始古老的物种，世世代代
安于承受寒冷、苦难、无边的孤寂
它们也许从未渴望长出翅膀，
因为一直，都活在高的地方

一群牦牛走来，大道如青天，夕阳如血
一群牦牛渐远，“苍茫”这个词本身，开始显灵

选自《学习方法报·语文新势力》2019年9月10日

评鉴与感悟

一首诗写得好不好，古人讲究的是要有境界。“境界”是一个好词，对促使我们认真看待诗的非时间性的品质，其实是有着很好的提示作用的。在古诗依傍的人文场域里，写到哪一步才算有境界，基本上没太大的分歧。但在现代诗的人文场域里，要在诗和境界的关系上，或者辨认出一首现代诗究竟有没有“境界”，实际上已难以取得共识。比如说，相对于波德莱尔那条线上的现代诗，或者策兰那条线上的现代诗，我们用是否有境界来衡量或辨认一首诗的最高的审美品性，多少会有种隔靴搔痒的尴尬。不过，话说回来，我们毕竟是用汉语写诗的，汉诗和境界的关系不可能因为我们宣称我们写的是现代诗，“境界”作为一种辨认诗的品性的尺度就完全失效了。

读李琦《与牦牛相遇》，最令我感慨的就是，在现代汉诗的写作里，“境界”依然会通过它的现代变体起着关键性的作用。完全可以断言，没有境界的人，写不出像《与牦牛相遇》这样既感人又大气的诗。或者，没有对人生和世界的复杂关联的更高的视野，没有内在的性灵，没有超脱的生命情怀，《与牦牛相遇》就会和一般的言述旅途见闻的咏物诗没什么根本的区别。表面上，或者按照通常意义上的咏物诗的表达类型，《与牦牛相遇》赞叹的对象是生活在高寒地域中的一种坚韧的生物；李琦在诗里也确实表达类似的感触。但在意图的效果上，这首诗更深的赞美，或许可以归结为对一种生命的美学形象的辨认。在诗中，牦牛的形象很高大；但更令人难忘的，能确认并感受这种生命形象的内涵的心灵，同样是高大的。就像荷尔德林企望诗能显示的一种功用，通过诗的表达，通过在诗中呈现一种真理性的辨认，我们最终也回归到了“更高的生命”。（臧棣）

春天里的闲意思

/李少君

云给山顶戴了一顶白帽子
小径与藤蔓相互缠绕，牵挂些花花草草
溪水自山崖溅落，又急吼吼地奔淌入海
春风啊，尽做一些无赖的事情
吹得野花香四处飘溢，又让牛羊
和自驾的男男女女们在山间迷失……
这都只是一些闲意思
青山兀自不动，只管打坐入定

选自微信公号《原乡诗刊》2019年12月21日

评鉴与感悟

天人合一是旨归，但是主客体问题绕不过去，主客体问题是天人合一的一个过程。春日里万物萌醒，相互照面、勾连，“戴帽子”“相互缠绕”“牵挂”“急吼吼”等都是人即主体到客体的行为，或人强加给自然的。对自然的描写其实就是对人的描写即暗中转换。这并非“人类中心论”，恰恰相反，而是“自然中心论”，诗人激活自然，人只有

“闲”下来时，才能看清自然，自然才会活起来，并且对象化的自然才会与我粘连一片，相互感应，共溶一体，开启了“世界的世界化”，世界扩大了再扩大。

“闲”，与其相关的有淡、悠、静、轻、小、净、幽、趣而无用等等，全诗即实现了诗意的“拢集”，就像海德格尔分析荷尔德林一样：天地神人的融合。最后“青山兀自不动，只管打坐入定”则颇得佛性功夫。处于现代化运动和后现代叙事的夹缝和尘烟里，我们难得一“闲”，到自然里走一走、看一看、亲一亲。诗人并非质疑现代性，而是主张忙里偷“闲”一下，弄一会“闲”情逸致，社会现代性与审美现代性或许能够和平相处。对于亘古如斯的自然还能说什么呢？“不动”“打坐”，这不是寂灭，而是一片生动化机，世界总是处于待定状态。

全诗举重若轻，以少胜多，妙境之上再造妙境，神超理得，韵味饱满。再将她放到时代的“大意思”里晒一晒，像一块把玩不尽的小《碧玉》(这是诗人的另一首小诗)，“闲意思”就是“大意思”。再放到目前“闹”和“忙”作品云集的诗坛摆一摆，自可看出她的独有的光泽。和诗人的另外《碧玉》《抒怀》《傍晚》等佳构一起，这首小诗体现了李少君诗歌的一贯特点，无不开一代新风。(方文竹)

一个散漫午后的阅读指南

/李郁葱

午睡时的奇崛，一如醒转后的平坦
一本书你正好读了一半，
在他人生的半途，你似乎听到了未来

但其实早已发生：不是悲剧
也绝非喜剧。他漫长一生的半山腰上
晚年犹如可以看得见的风筝

那个时候，他有些迷茫，而你知道
他将写出瑰丽的流云和沉重的山峰
衰老的手将递给我们终身的玫瑰

在一个女人关闭窗户的那一刻
点亮他的智慧：越过狂涛和骇浪……
他被传颂，被我在这样的午后翻阅

我以为打开了通往他的小路

却被神话的气候所迷惑，那塔楼里
冗长的回声斑驳如风的形状

他，终究盖棺论定：风能够
找到怎么样的耳朵？而我们忽略的
打开后会是怎么样激动的大海？

这一生过早被看见，读了
一半的书，恰好遮住蝴蝶的蹁跹
而他退出的世界正允许我们的进入

选自《江南诗》2018年第6期“紫气东来”栏目

评鉴与感悟

李郁葱的诗，读来一如既往地恣肆汪洋，沉醉于语象的狂欢，并且以自己独特精妙的韵律感带领着读者进入隐秘的内心世界。《一个散漫午后的阅读指南》一诗可以说是对但丁《神曲》开头（“我来到了人生的中途”）的一次戏仿，或者是对阿什伯利解构主义诗学的一次致敬。整首诗是在两个或显或隐的向度上展开的：一个是表层的某个午后阅读过程的描摹（“一本书你正好读到了一半”），一个是隐在的人生历程的探究（“他漫长一生的半山腰上”）。在具体的推进过程中，这两者既互相平行，又互相缠绕、交错、嵌入。凭借娴熟的修辞手段和结构能力，诗作呈现出了某种弹奏般的韵律感和强烈的互文性。和前些年的写作不同的是，他的近作有意识地强化了词与物、修辞与现实世界摩擦带来的经验和想象的新鲜度，读者可以明显感受到诗行间那种必要的滞涩、顿挫、陡峭，甚至是争吵、辩驳、盘诘。（蒋立波）

敦煌的月牙

/梁积林

小小的，薄薄的
我不想把你比成针尖
也不想把你比成一根白玉发簪
但我突然想趴在一个人的肩头痛哭
突然想在一个人的耳边说一声
等了千年的一个爱字

说是一排马的牙齿也行
说是一匹儿马抬起后蹄踢在天庭额头上的一个印痕也行
此刻，我想把你说成羌，说成乌孙
说成一个人的小月氏
再把你说成一只党项的羊
或者就是西夏王国里递过来的一张
指纹的传书

其实，它就是敦煌的月牙
就是能让我思念和哭泣的爱人的肩头一样的月牙

就是一把飞天女反弹的，琵琶

选自《学习方法报·语文新势力》2019年10月22日

评鉴与感悟

你没有去过敦煌，你就不会理解什么是千年的痛，什么是千年的爱。

诗人借用敦煌的一弯小小的、薄薄的明月，像针尖一样刺痛。把月牙比喻成一根白玉发簪也好，比喻成一排马的牙齿也好，抑或就是一匹儿马抬起后蹄踢在天庭额头上的一个印痕，用形象的比喻写出了敦煌一枚与众不同的月牙。

明月寄相思，诗人写出的不是你，也不是我的小爱，而是关乎一个民族、一个国家的大爱。敦煌壁画，这个集聚了千年文化的名城，这个被世人誉为文化宝库的地方，保存了我国多民族文化的遗产。羌，是西部一个古老的民族，以羊为图腾，以牧业为主；乌孙，也是西北最早的游牧民族，后来，被匈奴击败，西迁至伊犁的叫大月氏，南迁至甘肃到青海一带的叫小月氏；党项，是西羌的一支；西夏，是鲜卑的后代，是党项人在西部建立的一个政权。诗人从历史的不同角度，剖析构解了敦煌文华的璀璨来之不易，所以诗人笔下敦煌的月牙，不单单是天上的月牙，也不是月牙泉的月牙，而是深深烙在中国人民内心的那枚伤痛的月牙，是一枚让人想趴在历史的肩膀上痛哭的月牙，是敦煌壁画上飞天女反弹琵琶的一个琶音。

短短的一首诗，诗人用三维的手法，从不同角度雕刻出了一枚即宁静又让人心痛的月牙，这就是诗人的高明之处。诗人用过人的技艺，将敦煌的月牙打造成了读者眼中一枚负载着中国文化的金灿灿而又沉甸甸的月牙，那就是敦煌文化。（苏黎）

欲　望

/梁平

我的欲望一天天减少，
就像电影某个生猛镜头的淡出，
舒缓，渐渐远去。
曾经有过的委屈、伤痛和忌恨，
一点一点从身体剥离，不再惦记，
醒悟之后，可以身轻如燕。
我是在熬过许多暗夜之后，
读懂了时间。星星、睡莲、夜来香，
它们还在幻觉里争风吃醋。
天亮得比以前早了，窗外的鸟，
它们的歌唱总是那么干净，
我和它们一样有了银铃般的笑声。
我的七情六欲已经清空为零，
但不是行尸走肉，过眼的云烟，
一一辨认，点到为止。

选自《长江文艺》2019年第10期

用希尼的话说，涌动在梁平诗歌里的是一个“巨大的正常的世界”：“巨大”指涉的不完全是诗的体量，是诗人好奇的触角的四处蔓延，是他对自我技艺的无法满足；“正常”说的是这个世界是你我共在的，在它面前扮鬼脸的写作者不是生活的孱头，就是艺术的低能儿。因此情形往往是，在这样一个世界——生活的和诗歌的——面前，诚实诗人的真挚言说被视为谎言。

《欲望》表达着诗人梁平的生活历程即心灵历程即（以暗示的方式）写作历程：此外还能“阐释”什么呢?

但他不是没有经历过、甚至可能欣喜过“生猛”的阶段。但“天亮得比以前早了”。这确乎是纯粹的个人经验，也确乎有着不可言说的蕴含，相对于那时还在酣梦中的我。也因此，“干净”“银铃般的笑声”只能由它们自己去解释，去界定：这样的“正常的”语词，很可能曾经一度让这位以语言为生的人为难或羞赧过。现在，由于“天亮得比以前早了”，一切都是那么坦然。

一切都在该到来时到来。（魏天无）

瞬　间

/林莽

有时候，邻家的鸽子落在我的窗台上
咕咕地轻啼
窗口的大杨树不知不觉间已高过了四层楼的屋顶
它们轻绕那些树冠又飞回来
阳光在蓬松的羽毛上那么温柔
生命日复一日

我往往空着手从街上回来
把书和上衣掷在床上
日子过得匆匆忙忙
我时常不能带回来什么
即使离家数日
只留下你和这小小的屋子
生活日复一日

面对无声无息的默契
我们已习惯了彼此间的宽容

一对鸽子在窗台上咕咕地轻啼
它们在许多瞬间属于我们

日复一日
灰尘落在书脊上渐渐变黄
如果生活时时在给予
那也许是另一回事
我知道，那无意间提出的请求并不过分
我知道，夏日正转向秋天
也许一场夜雨之后就会落叶纷飞

不是说再回到阳光下幽深的绿荫
日子需要闲暇的时候
把家收拾干净，即使
轻声述说些无关紧要的事
情感也会在其间潜潜走过
当唇际间最初的战栗使你感知了幸福
这一瞬已延伸到了生命的尽头
而那些请求都是无意间说出的

选自《我登上的山顶已不再是同一座山顶》，中国青年出版社2019年10月版

评鉴与感悟

“瞬间”是林莽诗的主词之一。对时间流逝中一个个瞬间的敏锐感觉和体验，是林莽诗的一个重要特点。“时光转瞬成为以往”，是他一本随笔集的书名，其中潜藏着多少生命感悟和人生慨叹。

《瞬间》表现了鲜明的林莽诗歌语言风格：平静而有深味的语调，从容舒缓的节奏，在往返回旋中相互应答的旋律。整首诗，是用现代口

语写的，多采用“四字词组”：日复一日、不知不觉、无声无息、无关紧要……“四字词组”带来的语感，能传达出平静而单调的“过日子”的感觉。这样，就能把现代口语转换成充满意味和暗示的诗语。林莽语言的特点，就是追求细微。非常细致地表达日常生活中的意象和场景，它们是源自诗人生命和情感中体验最深切的新鲜细节，长期沉淀在诗人的无意识中，凝聚着生命的温情，通过细微的语言如浮雕般清晰地呈现出来。这样的诗语，充满着新鲜感和生命感。林莽讲究语言的音乐性，提出：打开生命的闸门，让情感如水一样流动起来。这种发自生命中的情感流动，给语言带来了节奏和旋律。具体而言：一是语调，林莽诗具有独特的明朗、从容、自然、舒缓、如水一样流动的语调。二是情调，林莽诗充盈着湖水般荡漾的温情语言，有一种隽永的意味。(邱景华)

像一枚沸腾的钉子

/林承雄

岁月深处的寒风掀开
你窗台上摇曳的烛火
轻轻叹息
像一枚沸腾的钉子
楔入臃肿的肉身
这越来越沉重的不系舟
还要漂向哪里

这个时代的江河
到处是
喧哗与骚动的泡沫
星空下静默的青石墓碑
芳草萋萋　　覆盖了多少
孩提的柔枝　　青春的繁花
冰一般的诅咒
火一样的誓言

涛声在耳畔杂沓
地火奔突在熔岩内心
而你依旧决绝做一枚
沸腾的钉子
钻入坚硬的骨骼
把铁还给铁
把真理还给真理
只留下黑色的齑粉
这些馈赠给后代的星星——
能否继续照耀
另一段风雪泥泞的道路

选自《太姥山》2019年第1期

评鉴与感悟

“钉子”竟然沸腾，何其荒谬！无理的标题，设置了悬念。第一节揭示“钉子”的本体“你”的此在境遇，对生命“不系舟”的去向发出叩问。第二节勾画外界现实美丑善恶杂陈的景观，承接上文，点出“叹息”与质疑的原因。第三节抒写“钉子”在涛声杂沓、地火奔突的世界里坚执的选择、决绝的希望以及不安的疑惑。全诗核心意象与背景意象错落有致，联想、想象奇幻，诗意深广、凝重，颇具针砭之力。(林典铇)

放映员

/林典铇

露天电影
仅有的几个观众
散去

银幕上继续硝烟弥漫
无辜的平民，一个接一个倒在
血泊中

放映员看了几次手表
已经没有观众着急
正义是否获胜

满天星斗之下
尽管一张银幕显得小而孤单
但炮火中，一场爱情拉开序幕

他是多么无奈啊

自己的光阴，用于苦等
别人的结局

选自《草堂》2019年第6期

评鉴与感悟

露天电影、观众、放映员、炮火、爱情……有限的几个意象，构建起观照日常生活世界的富有张力的情境。“放映员”自己的人生、银幕上的剧情、观众的反应、参差多态的生存境遇，有机地叠加在一起。艺术与现实、自我与他人、电影与观众、战争与爱情、光阴与结局、看与被看，如此多层次的对比、映衬，呈现了放映员以及无数如斯卑微者的生之无奈与辛苦。本诗核心意象一以贯之，场景转换自然，犹如一部微电影，含蕴丰富，耐人玩味。(林承雄)

画春风

/林莉

在无人的山野
碎米荠菜到山鸡椒花之间
我要把它画成一阵吹拂的模样
翠绿的呼吸和咚咚心跳
我要用空空的篮子
把它带回家
漫长的冬天过去后
我要把它画成“摇曳”这个词语
那一树清新的鹅黄的忧郁，此时
也在吐蕊，有了欢喜的回应
远方的人，如果你已走进山野
在成片的碎米荠菜中弯下腰身
拎着空篮子
或者，孤独地站在山鸡椒树下
若有所思
那一天，花落山坡
我拿起画笔，你吹着口哨

我放下画笔，你吹着口哨

选自《扬子江》2019年第5期

评鉴与感悟

记得阿基米德有过“给我一个支点，我可以撬动地球”。其实写诗何尝不是如此。一首诗的成功，关键是找到凭借的支点。林莉是个诗人画家，她的画与诗歌相得益彰。所以她的画就是她的支点，她常常让诗歌有画的灵魂。这次，她呈现的是一个有碎米荠菜和山鸡椒花的山村，这样的山村里有“拎着空篮子/或者，孤独地站在山鸡椒树下/若有所思”，这里的一草一木都成为她画笔下的热爱。更打动人心的是，这一次，她作画，是与这里的山水、这里的人有着强烈互动的感受的，只有心意相通，才有“吹拂的模样”“咚咚心跳”，也才有吹着那个吹着口哨的人与他心灵交汇。“我拿起画笔，你吹着口哨/我放下画笔，你吹着口哨”这一反复咏叹，成就画作，成就了诗歌，也成就了心灵。（崔友）

一只白蝴蝶停在豌豆花上

/林莉

一只白蝴蝶停在豌豆花上
简单。快乐。村庄显而易见的自然事物啊
我，一定是深爱过这样的场景
颤动的羽翼含苞的藤蔓
那阵扑面的气息
细小的窸窣，胸口酥麻的温热

——透明的花蕾举起轻快之翅

四月还是五月？
在乡间，我疼着的泥地上
必定有豌豆花的浅蓝溢出田垄
也必定有白蝴蝶破茧而来
停顿，翻飞，稍纵即逝
我怎能一次次地想起

——难道春天来得太快？而冬天过于漫长。

选自《诗探索·中国新锐女诗人20家》2019年6月14日

评鉴与感悟

毋庸置疑，人人皆会乡情难忘，不论走得多远，相距多么遥遥，都与足下土地有着割舍不了的情感冲动。采用诗意化语言表述，将疼着的故土置于心上，感受一把风土人情，仅仅靠技巧无法办到，也不是一件轻而易举的事。读了这首诗，感受最真实的动情处，描摹乡恋的笔法感人肺腑，进一步懂得了何谓生生不息的故土，何谓追忆到骨子里不能自拔，这种艺术美感与浓郁思乡的刚性特质跃然纸上，叫人欲罢不能。既能感染到某个快乐村庄，抑或是故乡难离的思绪触角，延长至漫无边际的温馨气息中，时空越发悠长，思绪越深。亦领悟到豌豆花象征意义非同一般，生发一种素雅简洁的感觉，便有了泥土芬芳，对于过往岁月深深眷恋，还有很多用语言不能表达的故乡深情。

豌豆花在乡村是比较常见的一个草木物种，多姿多彩，田间地头皆能觅得姣好身影，即为孩提时的幻梦，记得童真时刻，追逐春天来临时的急促步履。豌豆花，这舶来品来自地中海的西西里和南欧，有翅，羽状复叶，着花2至5朵，之后开花结果，移植世界各地，成为世界性的观赏花卉。在中国富含自由空间的乡村肥沃土壤中，豌豆花在田垄间随处涌现，成了一道风景。白蝴蝶在透明的花蕾上翩翩飞起来了，停顿、回旋、翻飞，再来回望乡村，会立即引发人们思乡怀旧的感觉，直至无尽连绵的感动。

无疑，这首诗具备了唯美主义色彩，现实观感的立意，赋予了朴素品质。在寻常不起眼的物事中找到足以表达思乡的渠道，在朴实简单的动静皆宜里自然生成对于内心永远抹不去的初心意向。村庄、田垄泛起的豌豆花及飘飞的白蝴蝶，归根结底，便是攀缘藤蔓和它长长的根须下面隐喻的不可更改的童年回忆与浓烈的乡情。豌豆花开不败，乡音不改，无论遭遇多少个艰难险阻，历经坎坷不平之路，恋恋不忘的思乡情结将留存心间。这首诗很灵活地运用了“细节”，既有童心童趣，更有一种对大地、家园、自然生命的敬畏情怀。语言凝练而形象，有鲜明的节奏感，一幅乡村田园图栩栩如生，具有穿透时空的能力。（惟庄）

梨　花

/林珊

我曾目睹过一树梨花凋落的过程
在寂静的暮晚时分
一枚花瓣突然落下来。然后是
第二枚，第三枚

我曾趴在墙角观察过一群迁徙的蚂蚁
在童年的村庄
它们排着整齐的队伍，浩浩荡荡
从低处迁往高处

就在昨夜，我梦见在田野里劳作的母亲
她有年轻的脸庞，清浅的酒窝
两个孩子曾在她出门前，异口同声地
保证过：
不下河抓鱼，不上树掏鸟窝

后来，更大的那个孩子，蹲在灶前烤红薯

柴垛突然失火。两个孩子在哭
母亲推开了院门。矮墙外
天空开始下雨，蚂蚁还在迁徙
梨花还在凋落

选自诗集《好久不见》，南方出版社2019年8月版

评鉴与感悟

林珊的这首诗向我们展示出：一首诗是如何展开了生命中的一道褶皱，让读者看见生命真相的局部构造。诗歌是从两个场景展开的：一树梨花凋落，一群蚂蚁迁徙。从诗的句式看，两个场景并非存在于当下，而是存在于过去，亦即诗歌想要表现的并非现实中的人和自然的相遇，而是从主体的回忆之中被再度构建出来的情形，诗歌参与了这次再度生成。同时，两个场景并非人融入纯然客观的自然，而是一个人的眼睛和心灵碰触和感知到自然现象，并将其纳入了诗的象征物序列，这也就奠定了诗的现代基调。梨花落下的“寂静的暮晚时分”和“趴在墙角观察”蚂蚁迁徙，无论在时间还是空间上，都创建了一种空无的背景，按存在论的说法，存在即在这种背景中涌现。因此，这首诗从开始的两段即带给我们一种从熟悉的日常真实中抽离的情绪，这种抽离当然不是为了让我们体验到虚无，而是将我们带向生活的内面，去体会和感知生命的本真。在这个意义上，我们熟悉的日常真实和生命的本真恰恰构成了一种对立性，如果不脱离前一种真实性，我们便不能偶尔探视更深一层的本真世界，诗人在这里无疑是敢于跳脱真实性的先行者。前面的记忆之所以发生，乃是源于梦境，诗的后半部分展开了这个梦。很多时候，梦实际上比白日的生存和生活更加真实，生命更像是通过梦将真相还给了人生。梦跟回忆不同，回忆需要不断地精细地构建，才可能通达人生之真，而梦直接是真相的再次显形。这个梦没有开头也没有结尾，只是一个片段。有一个母亲，提示着生命是有来源的。但母亲在哪呢？母亲去田间劳动，两个孩子被留在家里，这意味着生命并没有从这个来源处得到全部的承诺和保证。

人生在世从孩提时代开始就是漂泊无依，尽管家好像给我们提供了一种庇护，但这种庇护却并不真实。因此，孩子们尽管保证了“不下河抓鱼，不上树掏鸟窝”，真相却是更大的孩子在烤红薯时引发了火情，母亲在之后才回家。在这个梦境中，孩子体验到的无助和无依靠感的本真性，无疑超过了在家的熟悉和安全感，这，才是更深层的真相。诗中的梦境虽短，内涵却如此深刻。但在诗艺上，诗人未在结尾处将其变为一种道的宣讲，而是转而回应诗的开始。通过象征物的前后呼应，诗人完成了诗圆融、自足的意境。但其之所以是现代诗，是因为这种圆融、自足的内中，隐藏着如前面所说的人生真相的褶皱和撕扯，正是这样的形式与材料的不对称，让这首看似温和平淡的诗歌变得充满张力。（张丹）

钟表匠

/林新荣

他能把时间校正——

童年时，我最喜欢看钟表匠工作：
拆开一个个零件
擦拭着时间
他的左眼夹着一只放大镜，右眼眯着
手里仿佛拢着无边无际的时光
有比钟表匠更尊敬更神秘的人吗

现实中的他却掌控不了
三个漂亮的女儿
她们散逸着
生活只让他在轮椅上埋头慢慢装搭

还有什么比卡住的时间
更加好玩更加难堪吗——它们一团团
一堆堆、一卷卷推动着

——孤绝，静谧，美好
覆盖住这世上所有的一切

选自《江南诗》2019年第5期

评鉴与感悟

钟表匠是个充满象征的形象，他的存在提示了我们与时间的关系。这首诗也暗示了这一点，但诗人设计了钟表匠的生活状态，从而使这个角色所具有的象征产生了歧义，犹如时间出现了偏差。“三个漂亮的女儿”显然也具有隐喻的成分，“现实中的他却掌控不了”的事实，与钟表匠对时间的精准把握是相对的，因此，“生活只让他在轮椅上埋头慢慢装搭”，便在“他能把时间校正”的自由景观下构成了一次反讽。诗的最后一节提醒我们，这首诗实际上是对生活的观照，它暗示了生活的丰富性和变动性，超越了任何精密结构能够表达的范畴，因此，相对于应对“三个漂亮的女儿”，校正时间便是一件“更加好玩更加难堪”的事情，它不像面对生活那样，是件既好玩又困难的事。（楼河）

青石断桥

/林宜松

坚持了多年
青石桥终于忍受不了孤独
断了。

那一日，我体内的青石桥
整夜仰望星辰，倾听流水
它的绝望在于
无论孤独多么阔大
无论如何忍受不了
作为一座形而上的桥
永远都断不了

原创，未发表

当物理的青石桥，也能“坚持”，也会“终于忍受不了孤独”，而“断了”，这足以叫读者窥见青石桥的不为常人所能知晓的痛苦。本诗由观照外物，进而体察内心，呈现自我的高远理想与不堪的绝望，并揭示自己诗性的顿悟：形而上的桥，永远都断不了。这“形而上的桥”究竟为何？那就是“整夜仰望星辰，倾听流水”所体现的执着的憧憬、不懈的信念。托物言志，因形赋理，辞浅意丰，极耐寻味。（林承雄）

风暴眼

/林宗龙

黑沉沉的乌云，
像父亲严肃下来的脸，

在车后座，我向老朋友说
“我们正驶向风暴的中心”

有什么重新被需要，
父亲的口吻，开始像雨的鼻息
落在一棵羊蹄甲上。

“孩子，去享受
那些少的事物。”

父亲不是别的，
是严肃背后，多出的部分。

选自《诗刊》2019年3月上半月刊

这首短诗，出现三次“父亲”。第一节中，“黑沉沉的乌云”与“父亲严肃的脸”，是写二者有相似之处；第三节中，写及“父亲的口吻”；第四节写父亲的话“孩子，去享受/那些少的事物”；第五节是写对父亲话语的感受。出现在这首诗中的“父亲”，显然与传统文学谱系中的“父亲”形象都不相同。他们笔下的“父亲”，常常代表家中权威，换而言，之“父亲”代表道德、正义、勤奋、努力、不怕磨难、成功等正能量，“父亲”向来是孩子的引路人，是明灯……这些，向来都是由作家们通过诚实塑造的有着血缘的“父亲”。而宗龙的“父亲”，是一种超验意识的“父亲”，更与自然关联，与某种不可言说的规律紧密相连。第一次出现，人与自然气候发生联想；后面写到的“父亲”，有着一双慧眼，能从强大的风暴中辨认出自然之道，“孩子，去享受/那些少的事物”。血缘的“父亲”可能会时时提醒儿女们孝顺、建功立业等等，而这个父亲，是严肃的，近似哲学的，他更像引导孩子（人们）认识世界的智者、真理的化身。(陈卫)

复仇记

/刘川

怕忘了
遂将仇人名字
刻于剑上

乘舟复仇
因为激动
中流失剑

为了记住
失剑之处
舟上刻痕

至今，他抱着船板
带着刻痕
在世间找人

选自《学习方法报·语文新势力》2019年8月20日

不能放下之人，终究自己做了自己的囚笼，并且一辈子也无法被释放。就表达而言，这首诗颠覆了寓言“刻舟求剑”，但这种颠覆并非对比性颠覆，而只是一种类比。

其相同之处在于在寓言与诗中剑都丢了，不同之处在于寓言里的剑是不小心丢掉的，而诗中的剑则在刻意中失掉，“乘舟复仇/因为激动/中流失剑”则是对这份刻意的呈现；相同之处在于寓言里的那个人与诗中的这个人都“为了记住/失剑之处/舟上刻痕”，根本不可能找到则是两个人必须面对的共同结果，不同之处在于诗中这个人于愚蠢之外更多一份偏执，“至今，他抱着船板/带着刻痕/在世间找人”则正是这份愚蠢与偏执生动形象的反映。

这首诗是对寓言“刻舟求剑”的再创造，情境更复杂与逼真，人物更鲜明而生动，寓意更丰富与饱满，另外还具时代感，因而更有现实针对性。毕竟刻舟求剑的人越来越少，而“抱着船板/带着刻痕/在世间找人”复仇的，却说不定正越来越多！（吕本怀）

一个俗人的早晨

/刘春

从树林边走过。在清晨
我听到树木在交谈，它们的呼吸
轻柔恬淡，如果是冬天，我会幻想那是它们身上
飘荡的白色羽毛
而这是五月，天气状况已允许市民穿着单衣
我因此有了闲情。
我原以为它们是一个群体
靠一些理想、一些谎言相互取暖
而雾气中，轮廓逐渐清晰
最后，我看到它们的样子：清瘦、独立
仙风道骨

一个俗人无权在这个纯洁的早晨说话
像山里的孩子看到狐仙
发不出一丝声响
有时候，我也会学着树木的模样
静静站立，想成为自己

而大地看出了破绽——
只需一点压力，我的腰身就会不由自主地弯曲
只需一点点诱惑，我的体内就会伸出无数只手指

选自《学习方法报·语文新势力》2019年11月12日

评鉴与感悟

在一个清晨，有雾，作者从树林边走过，并对树木产生一种不同于往日的感觉：它们在亲切交谈！并听到它们的呼吸。

因为，树木在作者眼里已经有了生命，作者自然就想到，这些树木是不是像人类一样，靠一些理想，以及一些谎言相互取暖？但是，当雾气散去后，作者发现，每一棵树都是独立的。

作者就这样借助树木本身的特性，从而延伸出一种品质：清瘦，独立，仙风道骨。这是不是我们人类应该持有的？

然后，作者进行了对比，以自己做样本。

他说，他也会学着树木的模样，成为独立的自己。

结果是：一旦碰到压力，他的腰就会弯曲；诱惑一经出现，欲望的手指就伸出体外！

而这个结果，是借助“大地”之眼表达出来的。

这是一首思想性非常重的诗，但是，刘春却把它写得很感性，借助无生命力的树木，同时通过自嘲，把自己当范本，对俗人进行了整体批判，并指出人类应该持有的良好品质。

全诗浑然天成，无论是思想还是感情，都来得那么真切，自然，阅读者在不知不觉中接受了诗人在树木边走过产生的感受以及思想，受到了一次心灵的洗礼。（云经立）

宗日舞蹈纹盆

/刘大伟

细泥，红陶。世界是一口大碗
用来盛放粮食、甘霖和乐舞
草木之上，太阳如鸟。每飞一圈
生命的蛙纹中就会传来遥远的鸣声
这是舞蹈时刻，手牵手，长裙曳地
迎日，送日……光影转换，大地流金
你鼓鼓的腹囊蕴含二十四种天象
每一种组合对应着人世苍茫

选自《青海湖》2019年第9期

评鉴与感悟

青藏高原注定是离诗歌最近的地方，那里的山水草木都带着神性的光芒。出土于青海同德县宗日遗址的彩色舞蹈纹盆是马家窑文化的代表性器物，这些珍贵的文物记载了世居于青藏高原的古代先民们的日常生活和信仰习俗。他们在陶盆上画下象征生命的蛙纹，画下迎日和送日的古老仪式，画下“二人抬物”的劳作场景，生活非常朴素，却也充满了各种未知的艰险。然而一切又是如此安宁祥和——生命绽放的姿态比冰川积雪的消融还要缓慢，小小的陶碗里盛放着粮食和整个世界。这就是刘大伟的诗，简洁而又深邃，舒缓中暗含张力，寥寥数句，就已实现了神话、历史和现实三者之间的合理对接与诗意阐释。(刘发萍)

诗37号

/刘胜

蜜蜂不与蚂蚁交好
空气中酝酿着蜜
搞笑的春联斜斜悬挂
门框上钢丝绳和酒瓶子晃荡

薪火传承的日子荒废其中
小米尼在楼梯间上蹿下跳
兄台十七楼的隐居生活快乐否

选自微信公众号“建安部落”2019年7月10日

刘胜对写诗的“简单要求”是异常艰难的，这一点我在认同的同时也深有体会。我认为想要如此表达，关键要抓住词汇、语句它们各自和相互之间的私通和暗合，在生涩和晦暗的同时，明示一些信息的所指，让表面上的“毫无根据”成为实质上的指向所在。我们常把此类诗歌称作先锋诗或者实验诗，对此类诗歌的解读需要读者宏达的想象力和超凡的阅读渗透力。

写这样的诗歌是危险的，搞不好就会生涩古怪、障碍重重，立马为目下多数诗人和批评家否定并斥为异己。

我一直认为，文学作品是不可以完全解读的，诗歌更是。但试着解读，未尝不是一种乐趣，对于刘胜的这首诗歌，我一直在想“蜜蜂不与蚂蚁交好”，他的这一句到底在想表达什么？蜜蜂和蚂蚁，二者的共同点在于勤劳、有序，具有团队意识和牺牲精神，不同点在于一个天上飞（想象），一个地下跑（实地），不交好，难道是个人理想和目下现实发生了冲突？抑或，这是诗人作为个体的独特的生活经验吧。(见君)

海　滩

/刘伟雄

没有船只的海滩　也是海滩
那个少年斜着肩头站在海边
他要穷尽自己的目光
把海望穿的姿势　真是叫人感动

海浪喧哗　从他的脚上冲过
听得见泥沙被过滤后的惊呼
招潮蟹如果有心情也会高举双螯
呐喊着为一个尊严的出航

没有了船只的海滩　也是海滩
乌云密布中的天空　怒潮分不清
是谁的天地　落在礁上的鸥鸟
不会为了生育而放弃弄潮的机会

直到一抹夕阳镀黄少年的脸
苍老的苔藓爬过他的手臂

一尊雕像是以他的形象
站在海滩上　站成了我们的今天

选自《诗刊》2019年第9期上半月刊

评鉴与感悟

刘伟雄善于用诗歌梳理人生，思考生命的价值。他的诗中有乡村，有大海，有都市，这些其实都是他的人生经历的再现。诗人从这些经历中发现具有诗意和价值的感受，通过朴实而新鲜的语言表达出来，于是就有了独到的诗篇。《海滩》中的那个曾经的“少年”经过风雨之后长成了今天的“我们”。诗的篇幅不长，但其中似乎有无数的故事、无数的风雨、无数的变化，但是“少年”的执着却没有变。这个“少年”就是诗人的形象，就是以诗人为代表的一代理想主义者的形象。“没有船只的海滩　也是海滩”，是的，船只是外在的，而梦想是内在的，对于梦想者来说，有没有船只，沙滩都是沙滩，都是远行出发的地方。刘伟雄说:“年过半百，更加懂得诗歌对生命存在的意义，在冷暖中感知世界时，就可以看见诗的光芒闪烁在心灵的天空。”这是诗人对几十年人生与艺术探索的总结，也是一种提升，他把生活、生命、命运和诗歌的内在关系把控得比较准确，所以他的作品中始终有一种底气和厚重的感觉。(蒋登科)

你　说

/刘晓娟

你说桦树叶子黄了，你说桃花开了
要知道，这牵涉两个季节
而我奔赴布鲁斯
恰好需要，一个夏天
升温，长出枝叶
长出足够多的藤，缠住明天

事实上，是倒序
先秋后春
我们之间隔着冬季
雪真白，不输你的肤色
小溪流结冰，我没有溜冰鞋

可我有你
你推着我顺流而下
你说小时候，就这样推着妹妹

选自《十月》爱在丽江·中国七夕情诗会—接力赛特刊

评鉴与感悟

刘晓娟的爱情诗写了布鲁斯小镇的一段情缘，写得不露声色，很内敛，很含蓄，但是却很抓人心。只有温柔似水、善解人意的女人，才有这样的诗情。整首诗，她大都用了一种平静的语言，毫不突兀，里面却带着一种涟漪和响动。在爱情面前，季节从来不是问题，季节是用来为感情转场和顾盼的器皿，只要心中有爱，就能处处飘逸着一种春天的气息。

诗中用语极其简洁。如“雪真白，不输你的肤色/小溪流结冰，我没有溜冰鞋”，“一个夏天/升温，长出枝叶/长出足够多的藤，缠住明天”，这样的描述，始终把情感包裹在其中。尤其诗的结句“你推着我顺流而下/你说小时候，就这样推着妹妹”。一个轻巧的叙述，却扣人心弦，让读者多了几分羡慕。(崔友)

圆通寺的樱花

/楼河

那里有说话的声音，
僧人在樱花的阴影里说话。
你听着，仔细辨认洁净的太阳
在地球的草丛里的细语——
像僧人在诵经，
那样深奥、持久、绵密。
你听着，你大脑里的神经在这里将要睡着了，
朦胧的摇动的花影，一个女人，
粉红落英的一袭僧衣，无法分辨的
缠绕在一起的颜色和气息。
但空气是静止的，石头里的音箱
播放着宇宙漩涡的音乐。
你听着，像一支蜡烛那样听着，
消耗了自己。

选自《江南诗》2019年第2期“首推诗人”栏目

我们置身的国度，并不是一个宗教色彩十分明显的地方。即便在西方，也如米沃什所言，这已经是一个“后宗教的时代”。然而，毫无疑问，宗教是诗歌的近邻，生命和宇宙的终极问题仍然是诗歌和艺术恒久的兴趣所在。

我们不知道诗题提及的圆通寺在什么地方，这也许并不重要。在诗人为我们呈现的那样一个寺院里，“我”是一个仿佛置身事外的听者，这里一切都与紫陌红尘拉开了距离，世界古老而安静。然而，诗人无意陷入一个这种时候极易陷入的隐逸境界，所以，时代仍然以其强悍的面目“闯”了进来——我给“闯”打上引号，是想说明作者刻意藏起了这层意图，而他有意无意选择的那些富于现代物理学意味的词汇，莫不打上了时代思维的印记。我不肯定作者是否有意如此，意在营造一种新旧思维之间的张力，但它带给我的感受是奇妙的，有意味的，也是诗的——它甚至有点具化，拓宽了现代诗歌语言的奇效。(李以亮)

世间的事

/陆辉艳

曾经的仇人，重修于好
他们拥抱，之后互赠食物

身体打开，风一下子
将她灌满
一张饱涨的帆
没有见过大海

多年前推平的旧坟
又垒上新土，变成新坟
仿佛，那里面的尸骨
重又死了一次

选自微信公众号“建安部落”2019年10月9日

简单，简单却生力量。世间事，无非如此。比如，那句老话的延伸，日光之下，哪些为新事？日出日落，生死诀别，个人史式迷惘，凡此种种，无非如此。诗人以中年之眼，淡淡讲出这些，透出澄明，却不纠结，但并非劝人豁达，而是如流水样让你看见自己的海洋。大海依旧在远处，启程依旧是必须怀抱的梦想。如果仅仅止于此种表达，那未免流俗，未免转入日常讲经的窠臼，幸而诗人及时"上坡"，望见"多年前推平的旧坟/ 又垒上新土，变成新坟"，如此，便是另一番轮回了，"仿佛，那里面的尸骨/ 重又死了一次"，大地茫茫，大地一片雪白。（左小词）

在人间

/马累

那应该是去年冬天的一个傍晚，
我和女儿来到乡下父母家，
我记得那个夜晚晴朗、寒冷，
虽然风雪吹断了村里的电线，
但借着满天的星斗，我们依然
能够看到村庄里透出的点点烛火。
我们就站在村北的土山上，
呼吸着清醇的空气，看着
黑暗里的村庄，直到
风吹麻了我们的脸颊。
那些微弱的光像从天上掉下来的
星星，更像是我们曾经思念的
一些人的眼睛，我们相互看着。
我对女儿说，那就是人间。

选自微信公众号“泱泱世界里”2019年12月12日

马累的写作是安静的。他所有的诗歌似乎都在不断地提醒大家，从尘嚣中摆脱，尽快安静下来。安静看起来是很普通的一个词，但却显示着一个诗人的美学追求和写作境界。不是每一个写作人都能够领悟到安静在现在这样一个喧嚣年代里的意义，它其实是意味着一个诗人的操守、他的德行、他面对世界的态度，而这样的态度本身就会成就一个人，不仅仅是他的生活，更有他的需要——诗歌。所以，我特别欣赏这样的诗句：“那些微弱的光像从天上掉下来的/星星，更像是我们曾经思念的/一些人的眼睛，我们相互看着。/我对女儿说，那就是人间。”

马累的诗歌不现代，不时尚，不追风潮，这些都是从形式上看到的，但这正构成了他诗歌整体上的特点，那就是对中国古典抒情方式的吸收。那种极端古典情怀的抒情充沛自然浓烈，那些意象既有它们原初的意义内涵，同时在具体的诗歌表达中又焕发出新意。同时我还能看到他诗歌中对俄罗斯文学的学习和融化，“俄国精神”中对土地、国家、民族的关注，对灵魂的血性的抒发，对人格操守的维护都充分地在他的诗歌中得到了表现。而他在具体创作中从细小的生活、从周围的人事入手，将巨大的主题用朴实和自然去表现，因此不造作和空虚。（马知遥）

熄灯之后

/麦豆

如果此时，将目光移向窗外
世界依然亮着灯
如果稍稍等上一会，眼睛
便会习惯屋内的黑
你依然可以看见一切
生活中的一切
模糊的一切
清晰的界限消失了
但它们的名字还在
凭着感觉你仍能说出事物确切的位置
熄灯之后，不需要眼睛
事物拥有了一种看不见的力量
浮在空气中
也就是说，熄灯之后
我们可以撤掉沉重的基础和支撑
让事物回到轻盈里去
变成与我们对等的另一部分

相依为命，互相默视
也就是说，熄灯之后
你可以在房间里的众事物间发表演讲
任意穿行，而不会发生触碰和伤害
你甚至可以写诗
用手抚摸它们的身体
与它们融为一体

选自《钟山》2019年第2期

评鉴与感悟

电灯无疑是这个时代的不眠之眼，无论白天还是黑夜，我办公室里的灯都亮着。灯一直亮着，你会忽略世上还有灯，你会认为灯的存在理所当然——你为生存的忙碌理所当然。灯在当代是一种永无休止的劳作的象征。偶然的一个夜晚，当我出差，在某个宾馆，在熄灯的黑暗中，望着窗外的路灯时，灯的本来含义突然击中了我。灯是用来驱逐黑暗的，而不是一直亮着，在我们的生活中扮演一个监视者的角色。我想说的是，人只有在黑暗中才能更急迫地思考自己是谁，自己真正需要什么，也只有在人自我反思的时候，人周遭的事物才能恢复它本来的面目。现代社会中的人与物的紧张的关系才能得到缓解，人才能最终反思到自己——人也不过是造物者的一件造物。(林典铇)

我为什么喜欢酒

/漫尘

因为我觉得，越来越像你了
通过酒，你从我体内活过来
那迷醉又拘谨的笑
那迷乱又浑浊的眼神
还有那词不达意的嘴唇
让我听见，你在我体内发牢骚

你一辈子活得窝囊
和子女也很少掏心窝子
喜欢一个人，喝闷酒
喝着喝着，就长声叹息
几杯下去，才抬头看身边的亲人
这个江南水乡一样温潮的男人

这个生命最后丢失了记忆的男人
现在像酵母菌，在我的血液里流窜
并时时检举我的犬儒或流氓基因

这很好，能让我越喝越清醒
让我一次次举杯，对着脑电波中的你
示好，祝祷，弥补一个做儿子的过错

选自《海派诗人》2019年11月8日

评鉴与感悟

读漫尘的这首《我为什么喜欢酒》，会不由自主地被诗人奇幻的视角和坦诚的独白所深深吸引。通过酒的媒介，诗人与自己的父亲做了一番灵魂上的碰撞。正如作者创作后的感想所说："酒精有时能释放人的天性，也能让人产生幻觉，与世界中的客观事物或非客观事物产生灵魂上的沟通。反正，我经常在酒后恍惚看见亡父在与我对酌，其实是我父亲的基因在我身上挥发出来。欢兮悲兮叹兮！"对于父辈的追念和检索，漫尘的这首诗抵达了一种深水静流的境地。

这是一首优秀的表现父与子这一重大题材的现代诗，也是一首关于诗人自我发现和心灵皈依的现代诗。整首诗叙述与抒情、口语和书面语、意象与细节等诗学元素得到高度的平衡，手法奇妙，层次丰盈，在激发读者冷静反思和比照的同时，又是那样的荡气回肠。(徐俊国)

夜宿抚仙湖

/芒原

整个人都成了湖水的一部分
躺在床上，水声撞击胸口
长亭、短亭，更像争先恐后落水的人
他们在湖里，搓洗枯枝的白骨
在月光下晾干——
孤山与明月，像两个隔空对峙的守望者
一个在吟诗，另一个在喝酒
他们都是落日的诗人
他们并不热衷这浮世的幻景
在无边的喧嚣里，打捞虚妄的冷寂
我翻身坐起
摸着自己的血肉之躯
仿佛少了一根
骨头

选自《诗刊》2019年7月下半月刊“银河”栏目

评鉴与感悟

这首《夜宿抚仙湖》写得好，是因为作者有很强的悟性，诗人越是平静的时候，越是浮想联翩。一个人躺在床上，他首先感觉到一组画面是长亭与短亭，他们“更像争先恐后落水的人/他们在湖里，搓洗枯枝的白骨/在月光下晾干——”这想法，太奇特了，一切都不是凭空而来，只有这样经历的人，才能生出这样的感受。接着作者又联想到第二组形象：“孤山与明月，像两个隔空对峙的守望者/一个在吟诗，另一个在喝酒/他们都是落日的诗人/他们并不热衷这浮世的幻景/在无边的喧嚣里，打捞虚妄的冷寂”。自己躺在床上，却让孤山和明月替自己活着，去打捞虚妄与冷寂，这是高人所为呀，因此，最后诗人“摸着自己的血肉之躯/仿佛少了一根/骨头”也就顺理成章了。（崔友）

亮　了

/芒原

在幽暗处总有断续的抽泣
忽高忽低，真假难辨。有时又飘离了身体
真想听它，撕心裂肺地大哭一场
打消这个似梦非梦的虚幻
最终，我还是出于自己的职业习惯
对着那片幽暗大声喊：“你站出来！……”
话音刚落，声控灯一下
亮了

选自《诗刊》2019年8月下半月刊“双子星座”栏目

评鉴与感悟

许多诗人都写黑暗，但并不一定写得好。写着写着，自己就成了一团黑，理不出头绪来。芒原写黑暗，选择了普通的楼道，黑暗的楼道里，住着许多活体，里面能清晰听到一个人“断续的抽泣”和“撕心裂肺地大哭”，这是一个人在黑暗中的感知，也是对生活的控诉。

但是，这一切都不是黑暗的错，而是黑暗里的人在作祟。作者忽然意识到这一点，血气方刚，热血上涌，他不甘心，而是大胆“对着那片幽暗大声喊：‘你站出来！……’”这声音，绝对发自心底，似乎有千钧之力，嘿，效果明显，一下子亮了的声控灯给人带来了欣慰，让黑暗立时远遁于无形。这是诗歌的力量，也是正义的力量。这首诗还提醒我们，无论生活多么难，一首好诗，就是一盏能唤醒心灵的亮灯。(崔友)

沉默的石头

/毛小景

草木有心，挨着寂静万物，有去有回
石头无情，独占一处，像一滴
等待被雕刻的眼泪

风雪在泪中凋零
泪在草木中轮回
石头无从凋零，只在内部
暗暗碎裂

爬虫，雨水，孩子，万家灯火
在石头上歇脚

万物有序，无言
石头越坐越软
开始沾染人的习性

选自“浙江诗人”公众号2019年10月29日

评鉴与感悟

坚硬无比的石头，被写得柔软，充满人性，在作者眼里万物都是生灵，她试图透过石头来言明无情之物最是情，无情之处皆是情。表面上写石头无情，爬虫、雨水、孩子、万家灯火几组意象，就轻松地传达出了石头柔软的人性，愿意让爬虫、孩子等微小的个体占领其上，这与其坚硬无情的外在形象形成极大反差，不仅写出了石头的生命力与洁净，更是让石头沾满了人间烟火味。喧闹的人世，在万物面前必然是静默的，沉默的石头实则就是无言的万物。(林典铇)

头羊巴根

/苗同利

骆驼，牛，羊倒嚼（反刍）。
马，驴和骡子不倒嚼。它们是单胃

它们只吃没惹过口水、尿骚的芦苇，蒲草
野麦子，毛莠莠；只吃含着露水，印着风的
指纹以及口音的植物

倒嚼的家伙们，可以吃粗粮。它们
吃秸秆、苜蓿、羊草、营草、狼针草和冷蒿
走着，卧着，甚至梦着，都能进食

它们用两个胃消费草原。一棵挨着一棵吃草
跟神农一样。一口优质大板牙，不停地
咀嚼，七八年磨到牙根

头羊巴根，有一口，它吃到一束奶白色
野菊花，笑眯眯地，半天，舍不得咀嚼

舍不得下咽。还有一口，它吃到一根沙棘，被
扎破了嘴唇，它也没舍得把刺吐出来
重吃

选自2019年10月10日“诗樽畔”网络微信平台

评鉴与感悟

苗同利善于把日常俗事写成刻骨铭心的诗句，他一直用自己的语言与隐秘世界对话。因为用心咀嚼，所以身边的所有事物都驯服于他，替他道出人世的欢喜与悲怆。这首诗歌，两类动物，万千植物，不动声色地为他诉说俗世里两种截然不同的生活态度。一种“只吃含着露水，印着风的/指纹以及口音的植物”，温顺而苟且，一种“吃到一根沙棘，被/扎破了嘴唇，它也没舍得把刺吐出来/重吃”，粗粝而倔强。（崔友）

五老峰

/慕白

群峰之上，谁还待月西厢
我登上黑夜的屋顶，向自身的沼泽
投出一块石头，想知道是山高还是水长
而世界总以沉默回答我

选自《学习方法报·语文新势力》2019年7月23日

评鉴与感悟

《五老峰》是慕白行吟诗篇中的短制，是登高之作，也是临渊之作；是探寻外在宇宙之作，也是反观内心世界之作。冷静、节制、向内，言短而意丰。第一句有《春江花月夜》中“不知江月待何人，但见长江送流水”那种江月有恨、流水无情的感慨和迷惘。将“自身”作“沼泽”喻，意在表明难言的身陷之苦（世间，无论你身陷什么，终是一种苦役）。投石问路，是一种寻求解脱的路径。“而世界总以沉默回答我”，既言明万物静默如谜、客观而自律，又可能喻指唯沉静才是治愈内心沉浮不安的良药。为此，我还愿意将《五老峰》看作是诗人的明月洗心、锤炼修为之作。（东篱）

遥远的回想

/年微漾

天亮时鸡犬相闻
祖母摘下木质门闩
她要去渠道汲水，怀抱贡品和香烛

初二是祭祀土地的日子
新鲜的菜叶浮在水面
缓缓流过土地社

田野间处处弥漫着稻草的香味
露珠在荷叶上滚动
对蚂蚁而言，那声响如同惊雷

年幼的孙女，此刻尚枕着神灵的庇佑
一个香甜的梦正在发生
她被抱养到这里，已经十四个年头

有一天，她听见木盆中的水

用清澈倒影，议论着她的美
这让她有点不好意思

中年的邮差回到村里，将一封信
准确投递。小暑的清晨阳光滚烫
他知道信纸上写的字字都是火焰

选自《诗刊》2019年第1期下半月刊

评鉴与感悟

年微漾笔下的乡村生活久远而质朴，如同蒙上一层老照片的色调，他将“一瞬”的时间进程延宕成一曲悠远的田园牧歌，并呈现出高超的节奏掌控力。《遥远的回想》一诗以祖母汲水时迟缓的动作，“新鲜的菜叶浮在水面/缓缓流过土地社”“露珠在荷叶上滚动”的细节渲染时光的凝滞感，接着笔锋一转，睡梦中“年幼的孙女”恍惚间出落成美丽的少女，“有一天，她听见木盆中的水/用清澈倒影，议论着她的美”。少女雨后春笋般的成长打破了乡居漫长的岁月，于是诗的节奏陡然加速，爱情不期而至：“小暑的清晨阳光滚烫/他知道信纸上写的字字都是火焰”。（徐韫琪）

星　空

/念琪

在发霉的雨季怀念星空
想望童年的懵懂
流星划过时，总怀疑是牛郎织女的嬉戏
抑或，北斗星抖擞翅膀

在地球的另一头，研究星空
不知道几个时差之外的头颅在思想什么
千年之前的仰望者与今夜的我们是否一样
被愚昧困扰

我们在灯红酒绿中讨论宇宙
坟墓里的死者也在眨巴着眼睛
期许有一天，谁也能在繁星点点中
找到属于我们的影子

选自《福建文学》2019年第7期

星空浩瀚，与宇宙相比，地球何其渺小；人类与星空相比，何其微不足道。谁都是过往云烟，几百年甚或几千年，星星还是那个星星，月亮还是那个月亮。每当我们仰望星空，一定就知道生死的茫然。诗歌在定义了主题方向后，用“童年的懵懂”，“牛郎织女”的典故，故作轻松仰望星空；其实，是在“研究”“思想”人类与宇宙的关系。又用“几个小时的时差之外”与“千年之前”的时空交叠感叹时光的交错。也许我们现在是活在“灯红酒绿”之中，但几百年之后，会留下什么“影子”，哪一颗“星星”会是今天的我们呢？这样的思考贯穿全诗，引发我们对生命和存在的重新认识和建构。也许这就是这首诗歌的独特之处。（林典铇）

父亲的杂物间

/潘新安

我一直很讨厌我父亲
把别人没用了扔掉的东西，捡回来
一块泡沫，一截钢筋，一枚铁钉
他什么都不舍得
甚至于一张瓦片，半块烂砖头
父亲的杂物间，堆满了
各种各样没用的东西。让我觉得丢脸
但是后来，每当我遇到问题了
只要去父亲的杂物间里找
总能找到有用的：
一小片铁皮，一截塑料管
钉子或者绳子。
生活不会总是完美，因为磨损的细节太多了
而我们也从不会去想
我们丢掉了什么
有一些东西那么眼熟，是我曾经扔掉
不知什么时候

父亲把它们又捡了回来

选自《江南诗》2019年第5期

评鉴与感悟

潘新安的诗总是充满深情，这首小诗是道日常景观，展现了不同代际的价值观差异，具有一定的社会性。诗人通过一次体验的叙述，完成了对“父亲的杂物间”从质疑到理解的过程，从而使两代人的价值观差异被拉平。这首诗是细节化的，但它仍然很凝练，每个旧物的呈现都经过精心选择，它们具有共同的特征：破碎而微弱，没有一件是具有品牌性质的成品。在鲍德里亚称之为消费社会的今天，这些旧物是没有任何位置的。父亲对这些物品的收藏，实际上也隐喻了他在这个社会里可能的处境。这是令人悲哀的事实。但显然，“我”的自我预设是站在“消费社会”这一边的，因而诗人理解父亲的同时，内在着对自己的反思。诗中“只要去父亲的杂物间里找/总能找到有用的”，便是这种反思的呈现。(楼河)

杜甫在秦州

/庞洁

满目悲生事，因人作远游。

——《秦州杂诗》

诗歌很轻
颠沛很重
时光很新
古柏很旧

他们说到杜甫时
眼角湿润
像忆起已故的老父亲
也曾阅尽大地的残破与疾苦

从东柯草堂到南郭寺
作为一个失败的即兴表演者
站在杜甫雕像面前吟诵自己的诗

同时在内心检索诗圣的名句
那一刻
我的魂灵被放逐到最低处
多么羞愧的冒犯啊

“杜甫在秦州”
——这个句子本身就是一首大诗
让人谦卑而战栗

今天的诗人们
或口若悬河
或惜墨如金
大都迷恋隐喻和象征
大于热爱土地与人间

秋风陡峭
提醒路过的诗人
要把每一句都当作遗言来写

选自《飞天》2019年第4期

评鉴与感悟

《杜甫在秦州》，引用《秦州杂诗》中的首句开篇，可以看作是诗人对“杜甫在秦州”这一重要的人生行状的追怀与怅望。全诗语言精短雅洁，气息沉郁，古典母语的气息迎面而来。“像忆起已故的老父亲”，有一种自然朴实的可贵情怀与悲悯；从“东柯草堂到南郭寺”，随着诗人追寻杜甫遗迹的转场，思考也在递进与深入，直至“要把每一句都当作遗言来写”。我们看到诗人在寻踪杜甫颠沛的人生和写作态度上把自己带了进去，这是难能可贵的一种机智。一首小诗有着语言的大变化，鲜活、跳脱、不拘泥。在庞洁的其他诗歌中，有关对现实生活荒诞细节的挞伐与精神图景中展现出来的反抗之作，比比皆是。这样的勇气与担当，也是这个时代所缺少或稀有的。从这个层面来理解，《杜甫在秦州》，这首“大诗”还远未完成。（梁平）

惊　动

/胖荣

生产队的仓库
墙壁洁白，瓦片青灰
万物都还没有褪色
堆放的木头
和妇女们的闲言闲语
也没有发霉
是的，这些都是我喜欢的样子
仓库后面的菜畦平整
母亲浇水均匀
豆角和地瓜长势良好

菜园边上高高的苦槠树
乌鸦长满了枝桠
一口一口地吃着果子
我喜欢这样的傍晚
仓库的雪白，是村庄的空
瓦片的青灰，是暮色的静

是的，我还喜欢光着脚丫
抱着柴火从树下回家

我是说
乌鸦的叫声，有适合炊烟的轻
父亲的咳嗽，有落日下山的重
他仿佛，成了一个猎人
每咳一声，就像鸟铳
向苦槠树，扣动了扳机

选自《扬子江诗刊》2019年第1期

评鉴与感悟

本诗呈现给读者的是诗人对家园与亲情的在场体验与感悟。第一节描写家园生机盎然、平和安谧的景象，洋溢着对人间烟火的喜爱。第二节进而写“我”对空而静的村庄暮色的喜欢以及对家的眷恋。第三节将乌鸦叫声与父亲咳嗽并置，“轻”与“重”的对比之中，透露的是“我”对暮年衰病的亲人的隐忧与深爱。三节诗，情意逐层推进，卒章突起高潮，戛然而止，以新奇的通感手法，表达对亲人的怜爱，寓生命哲思于其间，言尽而意永，给读者留下回味的空白。（林承雄）

深圳五年

/彭戈

风中的枝椏在葱绿和橘黄之间
来来往往多少回
那鸟窝依然高高在上
早起赶路时，我在远方注目
走到跟前，却不忍抬头
我忧伤的目光，生怕刺到它
伤害，总在无意间
有一种孤傲，离群索居
有一种尊严，独立枝头

五年一瞬，我是时间的弃儿
也是自己的走卒。
日常成全了我，孤芳自赏
又被明日打败
亦是穷途。

选自《诗林》2019年5月号

时间是一条长河，对于一个人的生命来说，是有限的。五年，在个体生命里，大约十几分之一，“我”很珍惜，也有所思。就像那鸟窝，它就是一种生存信念所在。为了那高高在上的信念，“我”所有的努力随着时光的流逝如同四季更迭，孤傲和尊严不复存在，也就没有什么实际意义了。时间最终会抛弃我，不留有一点痕迹。但是，“我”还是“我”，所有的付出是值得的。虽然所有走出的路都是穷途，但创造了明天。(林典铇)

街边的橘红电话亭

/彭鸣

像一对橘色的情侣
背靠着背　互相取暖
却永远看不见对方的远方

活在一体　却有着
比死亡更遥远的距离
永无执子之手
拥抱　接吻或者其他

设计者的人生哑谜里
一定刚刚失去了
一段人生故事里的高潮

原创，未发表

评鉴与感悟

这首诗的起调有点像杜甫的《赠卫八处士》，“人生不相见，动如参与商”，两个背靠背的橘红电话亭，就像永不能相见的参星和商星，“背靠着背　互相取暖/却永远看不见对方的远方”。彭鸣习惯短诗，习惯学习灵敏度极高的甲壳虫，迅速放出长长的触角，又迅速收回。只是在她眼里，爱更像是一种决绝的守望，这种爱的折磨对于充满灵性的诗人来说，是一种烈焰，也是一种涅槃。(部筐)

白毛风

/清明

是雪的泪，贴着北方的脸狂流
是蝴蝶的翅膀，在接近腾格里的高原扇动
以祭祀的舞蹈，启示语言无法描述的意境
大小吉林河，刀刻般释义出蒙古文的深邃
你看柳波子如一条条皮鞭
奋力要截住大地上疯跑的白马
一波又一波扬鬃的白马从山顶跃下
一无反顾
直到夕阳如一枚鸟蛋，被煮在沸腾的锅里
白毛风才如一声长长的叹息
气若游丝

选自2019年11月21日《锡林郭勒日报》“锡林河”副刊

评鉴与感悟

清明爱草原，喜欢把自己沉浸在草原羊肉的膻腥味道里，固执地坚守着一方水土。所以，他的诗弥漫着草原汉子的粗犷和豪迈，也浸泡着马头琴般的悠扬和豪迈。这首《白毛风》就是他热爱中的一曲长调，悠扬而绵柔，波澜不惊，最后两句，更是个性十足，只有清明这样豪爽的草原汉子，才能写出“直到夕阳如一枚鸟蛋，被煮在沸腾的锅里”这样的诗句，也只有诗意一样的草原，才能让“ 白毛风如一声长长的叹息/气若游丝”。(崔友)

与友书

/阮宪铣

若来看我，最好夏天
我会在岭上亭子里等你，我顺便
一边吹风，或者一边想你

你若心血来潮，突访不遇也没关系
那时我房前半亩荷花盛开，你可随便
一边等我，一边赏花

城市在百里之外，你提不动手巾岭遥迢的客套
来吧，我有三坛去年冬至家酿的青红
满山的清风明月，不用钱买

不一定要海阔天空，我们闲聊
或者各自沉默，听风
等到荷花谢了话都说完了，你便回吧

岭上无别物，我一定送你一岭的白云

若无醉酒，我会像古人一样五里抱拳相送
请你记住白云边上无尽的蓝

选自《诗刊》2019年5月下半月刊

评鉴与感悟

作者在这首诗中显然试图营造一个类似魏晋风度的诗歌情境：荷花、清风、明月、白云、蓝天、美酒，这些古典意象被现代抒情主体大量征用，旨在寻求某种轻逸的美学效果，并以此作为解构当下高度物化的沉重生活的话语策略。不过，在我们所处的移动互联时代，城市在地理空间上似乎可以被我们拒之于“百里之外”，但在虚拟现实中，它以及它的各种变体可谓无所不在，正在全面攻陷我们的生活。诗歌在这种话语的策略中，体现了现代人另一种精神追求，表现出来的隐逸、洒脱和旷达的心态显得特别动人美好。(伍明春)

黑夜马车上的银铛

/桑子

落日散发着浆果的气息
孤独的牧马人风尘仆仆

黑黢黢的墓碑注视着荆棘和蓟草
万物归于沉寂

到最后，我们只看到一枚铜铃
黑夜马车上的银铛，响着轻柔的声音

被驯服的部分归入幽暗
不驯服的部分成为星子

野鸽子把光埋在了翅膀底下
暮色在洗好的衣服上沙沙响

大地是花瓣凋零后的花萼

月亮——斗兽场里一只安静的小牛犊

选自《江南诗》2019年第3期“诗高原”栏目

评鉴与感悟

阅读此诗，我首先想到了美国诗人弗罗斯特著名的《雪夜林边小驻》，那首充满歧义、引发遐思的诗中有一个情景：当“我”停歇在树林边时，“我的小马”“摇了摇颈上的铃铎/询问是不是出了差错”，但清脆的铃声迎来的只是无言的雪花，加深了夜晚的静谧和树林的幽暗。

这首短诗与《雪夜林边小驻》有着相似的意境：黑夜、马儿、铃铛……不过，有别于后者的亲历者视角，诗中的“我们”更像一个旁观者，所有景致都是透过其旁观之眼而呈现出来的。整首诗以静态景物的摹写为主（即便有“牧马人风尘仆仆”“墓碑注视”，也都为“沉寂”所笼罩），至第三节“最后”这句，标题中的“黑夜马车上的银铛”得以出现，在视觉上尤其在听觉上打破了此前的“沉寂”。但这一节既是顶点，又是过渡，“沉寂”的打破犹如灵光转瞬即逝，因为紧接着一切重回“沉寂”，“被驯服的部分归入幽暗/不驯服的部分成为星子”，这应该是全诗的关键句。世界就是这样：万物在空阔与静穆中各得其所。此情此景无疑极大地感染了注视这些景致的人，也会感染读到这些诗句的读者。（张桃洲）

一个漫长而谨慎的夜晚

/桑子

夜晚真糟糕
屋外的世界变得极不真实又无限可能
同时无关紧要，简直像失败的化身

你不能确定是发现了自我还是
迷失了自我

一些树木在低声说话
月亮下，每一夜都是第一千零一夜
那森林，那世界，它们是神
接受我们的甜言蜜语，但不回报

每个人受制于小小的命运
但无限的永恒就在我们身旁

我们只爱抽象的人类，不爱具体的人
远比勇气更多的嘲讽

取代了对神秘世界的认同

众人上床休息，醒来大不相同
一个漫长而谨慎的夜晚

选自《芳草》2019年第2期

评鉴与感悟

一个夜晚因为漫长而具有海纳百川的容量，它涵盖了神、森林、树木的低语、屋外的世界，甚至是那个恍惚不定的自我。在桑子的这首诗中，现实的疏远与人心的隔离，让我们丧失了认知与爱的能力，每个人都如一座小小的囚牢，受制于自己的内心以及“小小的命运”。而正是因为这夜太“漫长”，才迫使我们去思考人与现实之间的关系，其结果当然不容乐观，诗人用了“谨慎”一词，越是需要“谨慎”，越是说明一种无比“紧张”的关系已于我们之间悄然形成。（王单单）

不　断

/森子

在痛苦中保留，并且瘦下去
在理发推子上停顿婴儿的哭泣
因为恐惧奉承过天真
机械帮助过人类手臂形成并破坏原始的景象
在森林中发明啄木鸟
在石壁上发芽夏娃的舌苔
因为钢琴里有海浪
锯末仰泳过大理石地面
野鸭下潜的扑通声让窗外的工地死寂了三秒钟
吵闹的日常收留过我的贫困
每个小丑的帽子上都有一位跛脚的国王。

选自《江南诗》2019年第3期“江南风”栏目

评鉴与感悟

这首诗有一个看似寻常的标题——“不断”，在标题之下却集结着一些不同寻常的诗句。“不断”，会令人想到那些具有连续性的事物：昼夜、河流、绵延的时间、轮回的生命……它呈现的是某种存在的状态，昭示了世界的周而复始。但诗中的每一行都是对“不断”暗含的连续性的悖反，不仅在语义上，而且在句法上：断裂、错置、任意搭配、颠倒语序……每一行都值得细细品味，它们勾画了一幅幅令人惊悚的“超现实”场景。当然，“不断”也可以意指这种“超现实”景观的层出不穷，一句“吵闹的日常收留过我的贫困”，道出了其间的五味杂陈。这首诗，连同森子近几年的一批诗作，相较于他以前的诗歌出现了较大变化，他似乎解除了词语和心智的束缚，在主题和表达上变得更为恣肆、自如，从而更具冲击力。（张桃洲）

苦 冬

/商震

无雪的冬天是我的敌人

雪不来，故乡不和我说话
雪不来，我在异乡的苦楚无处掩藏
雪不来，所有的风都能把我吹动

我是脱离了根的枯叶
易怒易燃
雪不来，就不安静

选自《学习方法报·语文新势力》2019年9月3日

评鉴与感悟

写诗向故乡致敬，这是几乎所有诗人都会做的。商震的这首献给故乡的诗，更为别致，也有着更丰富的层次和意味，值得好好琢磨。

读一首诗，就是阅读诗人、分析并整理自我的过程。他获得的启发，也可能成为读者的启发。这算是读诗的收获之一吧。原来这是这样一个诗人：当他在陌生的城市，看见飞雪的时候，就能借它和故乡聊上一小会儿；雪让他忘却自己身处异乡，忘却人到中年的种种辛酸，感觉仍在故乡的庇护中；他还不止是前面的有趣和敏感，故乡原来还给他提供了源源不断的力量，就像是古希腊神话里的阿喀琉斯，只要他不离开大地，他就会源源不断地从大地上汲取力量。读到这里时，我想读者已经发现，商震说的雪，不只是雪，他说的故乡，也恐怕不只是营口了。

每个人都有自己的精神基座，当我们能借助某些细节源源不断地充实它并从中汲取力量，我们就能更健康更勇敢也更快乐地面对艰难的人生。而离开了它，离开了帮助我们联系它的事物，人有何伟大可言，只是风中的枯叶。(李元胜)

蓑羽鹤

/哨兵

雪雾中蓑羽鹤躲在众鸟外边，支起长腿
洗翅膀
蓑羽鹤打开乐谱架，却拒绝加入
合唱团
驾船路过阳柴岛，我在洪湖遇见过她们
终身的一夫一妻，比我更懂爱
这个世界。古铜色的喙
藏有小地方人的嘴脸，属我的
属人类的，因羞涩
怯懦，面孔在黄昏中憋得发黑

选自《人民文学》2019年第9期

也许这是一首“沉默之诗”。

如果要在众鸟中找一个位置，我想哨兵会选蓑羽鹤。如果要在人世间找一个坐标，我想他会选择“众鸟外边”。如果说诗歌的开始，哨兵还在远远地看着蓑羽鹤洗翅膀，拒绝加入合唱团，那么随后就会发现他在一步步靠近他的客体，从远观到遇见，再到将其面孔纳入属我的、属人类的，最后蓑羽鹤不再是哨兵的书写对象，而成为了他借以在人类中站立的一尊黑白色的自白。蓑羽鹤是诗人安身于世所用的姿态，蓑羽鹤在黄昏中憋黑的，亦是诗人的面孔。蓑羽鹤的沉默是诗人在说话。沉默就是造反，就是永不认同。

在一切开始以前，蓑羽鹤“洗翅膀”，一如诗人为言语清洗口舌。尊重啊，何其尊重，尊重即将要说的话，尊重任何一次的发声。也许正是因此，蓑羽鹤在雪雾中，不在红尘里。

最终，那真诚的往往萌芽于金子般的沉默写下的每一句诗，哨兵都在说“闭上嘴”，每一句都在为不能说话的说话，他处处都在以无法说话的姿态，为那不能发声的沉默言语，至此，诗人对沉默的了解，不仅自由了那充满意志的言语，也自由了那无可言说的生命。（徐小冰）

饱蘸雨意的蔚蓝

/施茂盛

最为炽热的，是折返途中的群雀，
它们的鸣叫已融合潮汐的和声。
暮晚以地形学的构架支撑起青冈的脊背，
随后又携带尘埃汇入置顶的那只陶罐。
群山滑向天幕的那一刻，
它的露台现出另一侧的雕栏。
旁逸的海棠，饱蘸着雨意；
湖水暗自涌动犹如律法。
这侧漏的月色有着颅骨内的蔚蓝，
只有杉树林凝聚的冷寂才与之匹配。
斜坡上，一座风团擦身而过。
我看见我的屋宇悬滞着，
一只翠鸟从我脚下的枯荷跃起。
进入辽阔之前，它已如愿。
在湖泊环绕的墓地，我俯瞰着；
自此，我认识了这座星球的边界

选自《江南诗》2019年第3期“江南风”栏目

这首写景诗从“折返途中的群雀”写起，该句与接近结尾处的“一只翠鸟从我脚下的枯荷跃起”一道，为全诗构筑了一个十分开阔的视野。而诗题“饱蘸着雨意的蔚蓝”，则为诗中描绘的景物铺就了一层浓厚的底色，这一短语所产生的视觉感如此鲜明，真有一种逼人眼目的效果；它分别出现在中间的两行诗句里：“旁逸的海棠，饱蘸着雨意”“这侧漏的月色有着颅骨内的蔚蓝”，随后的诗句“只有杉树林凝聚的冷寂才与之匹配”，将“蔚蓝”给人的感觉映衬得更为强烈。事实上，把“颅骨内的蔚蓝”与“杉树林凝聚的冷寂”相“匹配”，让“群雀”的“鸣叫”“融合潮汐的和声”，以及“暮晚以地形学的构架支撑起青冈的脊背，/随后又携带尘埃汇入置顶的那只陶罐”“群山滑向天幕”“湖水暗自涌动犹如律法”等，正是此诗的一种造句方式——在这些诗句中，具有黏合作用的词语（即引用时加了着重号的），成功地在它们前后的事物之间建立关联，由此衍生出了全新的意义并形成了微妙的语感。末尾的两行诗句表明，这并非一首单纯的写景诗，“湖泊环绕的墓地”与“这座星球的边界”的对应，展露了此诗所关切的生与死、自然与心性等主题。（张桃洲）

与海浪鸥鸟共度一个下午

/舒丹丹

面对大海尽可放弃言辞，
平静或激荡，都有海浪替你说出。
只需走进薄薄的潮水，加入
那网一般倾覆的鸥声中，
立定，看细浪一遍遍安抚沙滩，
远处一只鲸鱼突然喷射水柱，
撕开海面柔软的蓝绸。
或者踢掉鞋子，当潮水收拢夕光，
与奔跑的影子追逐，
偶尔被贴地而生的海草或贝壳
轻轻扎一下，如同遭遇生活
暗藏的尖刺：一切都是馈赠。
仿佛听从一种神秘的自然教义，
巨大的美与安详将你俘获，
令你噤声，失忆——
没有痛苦值得想起，也没有夙愿
需要许下。直到天空矮下来，

鸥鸟栖落又飞起，为你停留在
一个合适的高度。

选自《诗歌风赏》2019年第1卷

评鉴与感悟

朝向大海的心灵震荡，不啻一种脱胎换骨般的灵魂沐浴。自然景物再次在诗歌中占据了心灵导师的位置，这倒不是说自然景物天生就背负着洗涤人类魂魄的任务——事实上，它毫不知情；但景物的瞬间变幻和神秘呈现，却极其容易在人类的某一个思考或感受的节点里予以激发和升华，从而催生出人类在面对自然时的心灵顿悟和情感释放。舒丹丹的这首诗，书写了直面大海时的自然景物，那海鸥自由起落，美得夺人心魄，就在这造物主的神奇造化中，似乎等待已久的诗意顿时喷发而出，随着语言流向的深入和景物节奏的位移，人的诗意感受力与自然的瑰丽景象进行着相互的融合与碰撞——你终于脱开了自然的物质束缚和冰冷的抽象铁律，灵魂就这样探出了头。(汉家)

说说泥土吧

/孙梧

我一直把自己喻成那些被翻过来覆过去的泥土
略含粪便的味、野草的味，染一身黄
覆盖过种子、石子、河流，覆盖过我的亲人
传递过他们的音信。事实上我就是乡音的使者
说着土掉渣的话，做着底层的农活

多年以前，我也和身边的麻雀一样
在田野里疯狂，在庄稼上舞蹈
现在只能品尝化肥、农药、灭草剂和荒芜
每一次冷风细雨，我的皮肤就苍白一次
每一次杂草的成长与衰落，我就掩埋生锈的锄头

我常以为自己马上老去，忍不住挣扎着身躯
加紧对世间的留恋，珍惜每一场演出
坐在门前的洋槐树下，抚摸剩余的时光
一声不吭，即便寥寥行人路过
我还是一次次喊出乡音，与他们对着暗号

对不上的我把他们看作朋友
对上的是我的亲人，他们还在种植着庄稼

多年以后，他们也会泪流满面
一遍遍出卖踪迹，在我的躯体上掘土，挖坑
过着平淡的一生，埋下在人间的部分

选自《文学港》2019年第7期

评鉴与感悟

孙梧的诗至情至真。他生长在城市，根却深深地扎在他的出生地——崮山村，这里有他少年时期的美好记忆，眼前的绿水青山、亲情、友情、毫不掩饰的青梅竹马，总有一种割舍不掉的情分、一种担当出现在他的诗行中，像一把“被翻过来覆过去的泥土”，“一次次喊出乡音，与他们对着暗号”。他用自己诗歌的N极和S极拥抱真善变，排斥假丑恶，把精神的能量转化成物质的影像，从而维护着他内心的物质守恒定律。这正是他的诗歌能够像磁铁一样吸引众多读者的可贵之处。（尤克利）

阿尔伯特·卡埃罗

/田雪封

我写的不是诗，
而是一只偶然的橘子：
眼睛看到的滚圆，
它深黄表皮上的光彩；
耳朵里的寂静；
自然涌出舌尖的酸甜，
以及摆放它的瓷盘的白和冰凉。

名、实之间的路程是多么辽阔啊！

字，词，句，是江河、飞瀑，
读者逆流而上，就像洄游的鲑鱼，
在出生地和作者重叠在一起……
在一样的子宫穹隆中，
这首诗被再次孕育，生下，
一位没有肩负任何重任的阿尔戈英雄。

选自《江南诗》2019年第1期“诗高原”栏目

阿尔伯特·卡埃罗是费尔南多·佩索阿虚构、“孕育”的七十二个异名写作者的一个，是佩索阿伟大分身术的最主要化身之一。田雪封书写卡埃罗这一 “调解人”（德勒兹语），是拟代，也是自表。佩索阿的笔所书写出的卡埃罗的如下句子可以反证这首诗：“写作是我的一次巧遇/就像户外的太阳照在我身上”，“我从不超出直接的真实”；“这就是我的写作方式，渴望感受自然，甚至不是作为一个人/而是作为一个纯粹感受自然的人”；“我用眼睛和耳朵思想/用手和脚思想/用鼻子和嘴巴思想”；“我是自然的发现者/我是追寻真正感觉的英雄阿尔戈”；“事物没有意义：它们只有存在/事物是事物唯一的隐藏意义”，“它们只有颜色/形式和存在”（程一身译本）。一个“逆流而上”的读者，应该以此“在出生地和作者重叠在一起”，就像毫毛又回到了孙悟空的金刚不坏之身，卡埃罗又回到了佩索阿沙沙作响的笔尖之下。（苏野）

三重门

/瓦刀

我的内心也安装了三道门
第一道，是敞开的
我的亲人，恩人，敌人
熟悉的人，陌生的人
进出于此，来来往往
第二道门紧闭着
懂我的人，轻叩门环
只有被我娇惯的人，推门直入
最里面一道是防盗门，落满灰尘
一生只能打开一次
至今，我没找到钥匙

选自《诗潮》2019年第6期

这首诗隐形推进的哲思和逆向升腾的诗意构成了新汉诗自足生成的可能性。自然，如此的书写需要充足的生命历练和艺术经验的积累，而且诗人需要等待神启的灵光一闪，在诗句打开世界的同时，自己首先要被打开，其散落的一地珍珠，只有优秀的诗人才会捡起并拼凑出一首蕴含呼吸的诗。（马启代）

下棋者

/汪抒

夜晚有人下棋
不是在室内
也不是在路灯下

有两个人在黑暗中下棋
（地点不明）
我努力睁大眼睛
除了黑暗
什么也看不见

但我却听到了清脆的
落棋声
我在黑暗中
默默地把一盘棋
从头到尾
全部听完

然后，我开始转身
神秘的念头
一旦变亮
便彻底消失
没有影踪

选自微信公众号“纸上的水”2019年9月16日

评鉴与感悟

总有一些“真相”，是无论如何也不能大白于天下的。其实，往下说，我觉得应该更确认这个世界本没有“真相”。我们必须维护“神秘”“莫名”“无望”“看不透”“说不清”，这是这个世界最初的意思，也是我们生命中最可贵的必然。主动把自己置身于不明之地，不知道是看见了黑暗还是黑暗本身就是看不见，只听得见生命中的博弈，一生的博弈，永久的胜负不分，但还必须等待结束，过程的意义不是清晰明了，一旦明了，一旦大白于天下，一切都会归零。(见君)

独　白

/王志彦

我见过一只鸟儿
在不太体面的初春
安详地独白。那一刻
它忘记天命之忧
把灵魂抛在空中
等待收信人，签收
那清澈的回声

选自《中国诗歌》第2130期，2019年4月10日

评鉴与感悟

万物莫不尊道而贵德，老子认为人除外，因为人有主观上的“为”，人之道不会完全遵从天之道，而万物“无为”，是以：浮世诸相，众皆碌碌，熙熙攘攘，名来利往，以致连万物之“初春”都不太体面。那只鸟儿在安详独白，它没有世事纷扰，只有原生的纯粹天真。作者以鸟喻己，可见独醒于混沌，于不德、于名利的混杂，谁来签收那清

澈的回声呢？这让我想起了李太白的“独酌无相亲”，想起了竹林七贤之阮籍《咏怀》：徘徊将何见？忧思独伤心。（见君）

谒巨石

/韦廷信

他刚来这世上时雄心勃勃
手舞足蹈
准备大干一场
一百年后，发现已无事可干
最熟悉的那一批人
百年之后都已入土
年轻的山民来来往往十分忙碌
偶尔会有几片小石块被翻动，拉走
垒墙或盖房子
山村变成城市
城市变成更大的城市
沧海桑田，唯有他岿然不动
我在博物馆里指着眼前的一块巨石说
我们不能就此轻易下结论
他铁石心肠
你看他身上凹陷的地方

就知道它肯定也痛苦过

选自《诗歌月刊》2019年第4期

评鉴与感悟

韦廷信的诗歌有着质朴、干净与明快的气息，他在句法上以口语化的陈述为主。在其《谒巨石》一诗中，诗人以白描的手法，没有句法上的犹豫与迂回，却有着诗歌陈述上的转折和起伏。诗歌显得机敏、机智与机灵。(林典铇)

秋天的歌

/闻小泾

这时候正是秋天。收获季的馨香远远地
从原野之上传来
越过篱笆，敲击着百叶窗
一只麋鹿从山径上迤逦而下，惊恐地回头
眼睛把秋色映衬得
多么斑斓

小园里的草刈了又生，以一茎枯黄
和江面上的歌吹争说晚秋
鸡雏啄食着日影
船帆涉过夜色湿漉漉地归来
窗叶在风中自语
拥有情侣的树影摩触着天空

而我，此刻在躺椅里，捧一集诗
悠闲的风里咀嚼着青草
窗户开了又合上，没有客人到来

心想着沉甸甸的稻穗的形状
突然有金镰向梦境伸来

选自《乌篷船》593期，2019年8月3日

评鉴与感悟

此诗写秋天的景物，以及自己悠闲阅读时的情景、心境。“这时候正是秋天。收获季的馨香远远地/从原野之上传来/越过篱笆，敲击着百叶窗/一只麋鹿从山径上迤逦而下，惊恐地回头/眼睛把秋色映衬得/多么斑斓”将秋天的斑斓，写了出来。“小园里的草刈了又生，以一茎枯黄/和江面上的歌吹争说晚秋/雏鸡啄食着日影/船帆涉过夜色湿漉漉地归来/窗叶在风中自语/拥有情侣的树影摩触着天空”，细写秋日家园、江上风光。“而我，此刻在躺椅里，捧一集诗/悠闲的风里咀嚼着青草/窗户开了又合上，没有客人到来”，写秋光中自己孤独、悠闲地阅读。“心想着沉甸甸的稻穗的形状/突然有金镰向梦境伸来”展现出自己的心境。“咀嚼着青草”，悠闲、随意；想着“沉甸甸的稻穗的形状/突然有金镰向梦境伸来”，“梦境”，是遐思中的恍惚，写的仍是自己的心境。以《秋天的歌》作题，内容都围绕着它来写，题与内容相统一。(乔延凤)

艾　草

/肖水

似乎，与你说的尘世相反，
有三种苦可以归为荣耀：慷慨，悲悯，以及孤独。

我愿在年轻时就死去，头顶的云彩比平时多一些，
而家人继续为一株淡绿色小麦劳作，他们漫不经心，汗水淋漓。

选自肖水博客2019年3月16日

评鉴与感悟

尘世万物，从人至一株草木，皆互为存证。落地、蛮长，披风霜，灵魂呢喃继而或吟咏或哀叹，持久醒着或死去。肖水的这首《艾草》，清洁，繁复，起笔即给了生命与命运意象更阔大延展的机会，又及时缩减表达意图，懂得和善于克制，从而营造诗句空间上的大片“留白”。此“留白”，似一幅山水图谱，观者入心自然可领会妙处，继而促使想象力的跳跃。悲苦与无力感也变得轻盈可琢磨，比如“我愿在年轻时就死去，头顶的云彩比平时多一些”，而家人们继续劳作，继续侍弄植株一样的身体和身体深处庞大的孤独与药香。（左小词）

杜甫草堂

/小葱

气泡的阴影，有一搭无一搭地
敲打楠树下羞愧的旅人。
这一晚，她梦见草堂上的星空，
也是废墟的模样。

选自《草堂》2019年第5期

评鉴与感悟

小葱的诗一贯机敏而顽皮，奇崛而莹润，现代与古典共时的凝视中，仿佛有卞之琳的余韵。其“小诗”，往往会出现某种突然展开的幅度，类似于禅宗的“打开”，有时候我觉得她有一点点天才（这种天赋也契合于她的天性）。这首诗属于游历诗，即游历杜甫草堂之后的回顾。既是一种实景又指向某种虚境，既有个人轨迹又推向某种空间的联想，形成了几重维度的叠加。小诗的构思颇为精巧，从“气泡的阴影”突然切入，非常形象地渲染了那个一生大多数时间都在迁徙流离的旅人（诗人）。后两行突然转折，交代具体的背景的支撑，又把诗

的情景延伸至某种神秘而又契合我们的“精神与命运的肖像”。“她梦见草堂上的星空/也是废墟的模样。”可谓神来之笔。（刘义）

一　天

/小西

她烤面包
整座房子盛满了奶香

她读亚当·扎加耶夫斯基的诗
从那些句子里
得到了第一两黄金

暮晚推窗，黛瓦上
落着一群白鸽
两只亲吻，三只梳理羽毛
五只站在瓦楞上小憩

这是十个雪白的词
因为美妙
阴郁的天空，突然有了光芒

选自《人民文学》2019年第6期

"平静中的出其不意"让小西的诗歌力道十足。她写的《从牧羊山归来》："……那是一只七个月大的山羊/我们上山与它嬉戏/把野菊的花环/戴到它的角上/下山时/买走了它的肋骨和前腿"这回锋一转，让我有些惊呆。这次，这首《一天》，同样让给我感受到了蕴藏在里面的强大的力量，日常里，琐碎不过的一天，她平静地数了数鸽子，两只、三只、五只，数着数着，却意外发现这"十个雪白的词/因为美妙/阴郁的天空，突然有了光芒"。回眸，才发现，这光芒绝非凭空而至，这与"她读亚当·扎加耶夫斯基的诗/从那些句子里/得到了第一两黄金"有关，这时，我们才心领神会，不禁发出"这女子，让诗歌这么巧"的感叹。(崔友)

蛇蜕或重生

/谢宜兴

生生地在皮下再长出一层皮来
谁曾感受过这种向内生长的挤压与疼痛
那一份束缚，身体即是囚牢
挣脱是悲壮的，仿佛以暴易暴
但不是变脸剧，也不是脱去蓝衫换紫袍
那是一次比一次艰难的越狱
你看，那如火如荼的摩擦，疯狂的撕扯
撕开项上的枷锁，扯下身上的囚服
穿梭，缠绕，燃烧，一场绝世的舞蹈
这命定的仪程呵，自己把自己再生出来
满是纹饰的身体，成为一条裸裎的产道
这个秋天，我看见一只即将冬眠的
眼镜蛇，再一次获得神的授信
一座废弃的监狱空空地留在身后

选自《诗刊》2019年9月号上半月刊

诗人有一个非常重要的能力，就是把握题材的能力，达到分寸极佳，火候强大。诗人也是工匠，他是语言的工匠，对于题材的处理、分寸的把握是需要能力的。谢宜兴从我们认为丑恶的事物中间去发现，将善和恶之间的转化，在刀刃上游走。他写的蛇蜕皮的过程，蛇是恶的象征，他写深深的皮下再长出一层皮来，这种向内生长的挤压和疼痛，然后写蜕皮的整个过程。他发现蛇蜕皮过程其实是自由追求，是每个人内心的向往。这种题材的把握、分寸、火候和转化，确实是一个诗人能力的体现。（叶延滨）

小学生守则

/徐俊国

从热爱大地，一直热爱到不起眼的小蝌蚪
见了耕牛敬个礼，不鄙视下岗蜜蜂
给寻食的蚂蚁让路，兔子休息时别喧嚣
要勤快，及时给小草喝水、理发
用月光洗净双眼才能看丹顶鹤跳舞
天亮前给公鸡医好嗓子
厚葬益虫，多领养动物孤儿
通知蝴蝶把“朴素即美”表演一百遍
劝说梅花鹿把头上的骨骼移回体内
鼓励萤火虫，灯油不多更要挺住
乐善好施，关心卑微生灵
关闭雷电，珍惜花蕾和来之不易的幸福
让眼泪砸痛麻木，让祈祷穿透噩梦
让猫和老鼠结亲，和平共处
让啄木鸟医治病树的信心更加锐利
玫瑰要去刺，罂粟花要标上骷髅头
乌鸦的喉咙、狼的牙齿和蛇的毒芯都要上锁

提防狐狸私刻公章，发现黄鼠狼及时报告
形式太多，刮掉地衣，阴影太闷，点笔阳光
好好学习，天天向上
尤其要学会不残忍，不无知

选自《学习方法报·语文新势力》2019年7月9日

评鉴与感悟

《小学生守则》通篇提到22种动植物，处处是令人惊叹的细节、意象、叙事，意味丰饶，感召人心。

诗人说过，“我希望，真正教育我的，是万物，而非人世。人世那点事，都可以在万物那里得到深刻的解释和科学的验证……物与人互相映照，彼此通感，万物对应人世。”在最究竟的层面，真空生妙有，这世界是幻象，来自我们的想象，对人心最好的帮助是给予真理，是明心见性。这首影响了无数读者的诗，还给出了这样的范本——以对世界的理解和把握，诗人在现实和自己人生体验的真实之上，建立一个具有想象力和诗歌张力的世界，虚构得比真实更有诗意，这种被处理过的诗意是一种更好的真实，臻于至善至美，且愿力强大，愿景清晰。

不止于此，作为自然的门徒、语言的孝子，他在新近诗集《致万物》里描摹万物之心——有人性，有神性，万物合一，回到源头；他为万物祈福，像希腊诗人埃利蒂斯说的那样为“为光明和清澈发言”，“凭鲜花取胜”。(田字格)

蜜炬千枝烂

/哑石

在诗中，不是任何力量都能轻易
说出。言语之痛，需要经过
音韵的青色翅膀隐秘地修饰、认同。

譬如，父亲去世二十六年了，
几乎没梦见他，但最近，
感觉他依然在我身上强烈活动着：

昂着头，像一辆火车，轰隆，
轰隆地碾压过铁轨下潮湿的枕木。
窗外气氛，模仿他壮年曾遭遇的冰封。

又譬如，人性的泥胎得推进瓷窑，
烧制许久，才能抓住脸的弧形。
美德如花？火焰之手对其精心地捏塑。

一旦形象稳定，我们却又脆弱，

圣杯，隐匿在瓷器立体的线条之中：
认同啥，你就将开出怎样音色的喉咙！

选自《江南诗》2019年第1期“诗高原”栏目

评鉴与感悟

这是一首表达言说之难和存在之难的沉郁之诗，又是一首蕴含复杂阐释可能性的棱镜之诗。“忠于自我，与诗无达诂，都近于笑话”，“毕竟文字，当它意欲/称量空中血丝身世，就颇艰难”，哑石这两句写于去年的诗，可与此诗互训互注。前句与“人性的泥胎得推进瓷窑”句群互文，强调意识整肃和权力规训语境下主体形塑自我独立性的艰难和身份认同的不确定性，更勿论“一旦形象稳定，我们却又脆弱”；后句表达诗歌言说恶、言说人之苦难的艰难。此诗应该有明确的本事、原型和现实指向性，“最近”“窗外气氛”以及父亲“壮年曾遭遇的冰封”，在历史、记忆和当下性的维度上都应该生发自具体的爆破点，包含个人的密钥。“蜜炬千枝烂”为“银烛辉煌”之意，挪用自李贺《河阳歌》，据姚文燮和王琦注本，结合哑石近期另一诗句“冰封它辉煌它”，诗题饱含浓烈的情欲色彩和对现实文本的反讽之意。(苏野)

安　顿

/阎安

你看到的这个世界　一切都是安顿好的
比如一座小名叫作孤独的山
已经安顿好了两条河流　一条河
在山的这边　另一条河
在山的那边　还安顿好每条河中
河鱼河鳖的胖与瘦
以及不同于鱼鳖的另一种水生物种
它的令人不安的狰狞
天上飞什么鸟　山上跑什么狐狸　鼠辈
河湾里的村庄　老渡口上的古船
这都是安顿好的

你看到的这个世界　安顿好了似的世界
还有厚厚的大平原　有一天让你恍然大悟
住得太低　气候难免有些反常
而你也不是单独在这个世界上
下水道天天堵塞　许多河流　在它的源头

在更远处是另外一回事情　许多的泥泞
和肮脏　只有雷电和暴风雨才能带走

你看到的这个世界　被一再安顿好的世界
今天令你魂不守舍　你必须安顿好
愤怒的大河从上游带下来的死者
河床上过多的堆积物　隔天不过就发臭的
大鱼　老鳖　和比钢铁更坚固的顽石

你看到的这个世界　别人都在安顿自己
你也要安顿自己　但这并非易事
你必须在嫉妒和小心眼的深处　像杀活鱼一样
生吞活剥刮掉自己的鳞片
杀掉自己就像杀掉另外一个朝代的人
杀掉自己就像杀掉
一条鱼

接下来　时光飞逝
可能大祸临头甚至死到临头了
你依然是一个魂不守舍的行者
还在路上　为安顿好自己
还有世界内部那地道一样多疑的黑暗
匆匆赶往别处

选自微信公众号“柏相读诗”2019年1月14日

伟大的人物之所以能够伟大的原因之一，就是因为无论是生前还是死后，他们总是能活在时间之外。时间对于他们而言，虽然也有过去、现在和未来之分，但他们更多的只是在这三者之间穿梭，却很少在哪一个具体的点上做过多地逗留。

阎安的诗歌，比如《安顿》，就是这种时间意识的典型的诗性展现。

这首诗的第一二两节所展现的是诗人眼里时间的现在状态。山、河、鱼鳖、鸟、狐狸、鼠辈、村庄、老渡口、古船、大平原、雷电、暴风雨等日常物事在这两节多维交错，给我们描绘了一幅似乎一直被安顿好了的当下生灵的寓居百态图。

这首诗的第三节所展现的是诗人眼里时间的过去状态。诗人用魂不守舍、死者、堆积物、尸体、顽石等生命状态或生命结局，为我们揭开了时间的过去时态对人性、事物或人的存活状态所造成的恒性伤害。并且，这种揭开是诗性的揭开，与第一二节有所不同，侧重的不是呈现式的诗叙，而是当头棒喝式的启悟。尤其是既把时间过去状态里那些骄傲或者伟大的东西的神圣性或庄严感，全部消解了；也让时间的过去状态，从时间长河的淤泥里侧身而出，还原了时间的从不做任何认证与许诺的本质属性。

在这首诗的最后两节，时间的将来状态显示出了最粗粝和最无序但却也最公正最恒定的一面。人世的艰辛，个人操守坚持的不易，世界的宏阔与不可预知，包括物质、精神，甚至丑与陋的尖锐和真与美的炫目，通过杀活鱼、刮鳞片、大祸临头、匆匆赶往别处等诗学隐喻，都在这最后两节被推向了诗学的极致。

在这首诗里，时间是在以三种人们所熟知或熟视无睹的姿态在坍塌或膨胀。在这首诗里，时间的过去状态和时间的将来状态对于所有的阅读者而言，都表现出了强大的吞噬感与令人畏惧的血腥质地，以致时间的当下气质似乎被诗人压缩到了一个非常逼仄的空间。但是，这恰恰却是诗人阎安的最高明之处，因为一切的未来都是披着理想外衣的任性的童话或寓言，一切的过去都是被悔憾围追堵截的饭后茶余的谈资或以时间的过去状态为意识表征的下脚料。

这首诗并不是像有些人所理解的那样，是在宣判这个世界的坚硬与很难改变，甚至不可改变，是在撕裂、拉恨甚至是在搅动消沉与失望；

而是在着力彰显时间恒定的公信力气质，而是在彰显个人的自省、自悟、自持和自觅，包括自身在这个世界的侧身而出对每一个人精神精进的重要性与不可或缺。

的确，一切都如诗人阎安所言：你看到的这个世界，一切都是安顿好的；你看到的这个世界，安顿好了似的世界；你看到的这个世界，被一再安顿好的世界，别人都在安顿自己，你也要安顿自己，但这并非易事。这种凌驾于时间所有形制之上的忧患与清醒意识，在当下的诗界，这种从不旁逸斜出的既超越了焦灼与从容，也超越了高蹈与下作的诗学气度，尤其难能可贵。(柏相)

一对恋人的时间简史

/严彬

爱玛没有进门，西风刮到门上
她在门口站着，这位仆人的女儿
没有拎来野葡萄

我在炉前和几个人打牌
已经输掉十个诺伊尔拉
天色越来越暗

爱玛站在门口
捶着双手开始哭——
她知道我已经死了

秃鹰远道而来，啄食我的眼睛
她就那样看着我出门
将眼镜遗落在桌上

在时间的四十度角，死掉也很容易

爱玛的车撞上我的车
昨天她坐在我身边哭了一整天

选自微信公众号“德性俱乐部”2019年5月11日

评鉴与感悟

扭曲的时间，荒谬的人性，不确定的意外，体现在一场恋爱和一起“非常规”死亡事件中。

以一个死者的视角去想象，去回忆，去言说，从而模糊了生与死的界限，突破惯常，更能体现人生的悲伤和无助。没有拎来的野葡萄、输掉的诺伊尔拉、遗落的眼镜直至意外的死亡，最后还要确认因爱情而无法对死亡置身事外的悲伤。作者的铺陈本事，引发读者对时间、生命、世界的深度思考。（见君）

武陵听雪

/杨犁民

这样的夜晚，我总是一个人独坐书房
围着火桶，静坐到深夜
它们远天远地来了，寂然无声
却能清晰地感觉到雪落大地，窗户边
就能听见其呼吸。十万武陵山
一夜白头，瞬间塌陷下来
河水也放慢了流速

我并不害怕寒冷和吹拂
但我仍然没有打开窗户。即便如此
我也能想象得出，它们的汹涌和呼啸
铺天盖地却又声息全无
纷纷扬扬，其数量之庞大
人类仍然没有发明出可计量的数词

我一个人坐在那里，此刻
就算把我一个人放在旷野，置于暴雪和群山中心

我也只有沉默，没有恐惧

我没有什么话要说，也没有什么事要做
我只是坐着而已
天地无言，唯有雪落
落在我一生的某个时间里
就像落进了骨头里

我面前的白纸上，还是不落一字
白纸如雪，渐渐隆起，已没有什么需要呈现

选自《星星·诗歌原创》2019年第6期

评鉴与感悟

一个人，在武陵听雪，用雪锁住深深的寂寞，是要有一定佛缘的。这点，杨犁民做到了。雪夜里，他一个人对着炉火，静静坐在那里，什么也没说，只是默默地听雪，默默地感受，但是，他又好像什么都说了，说得很直白，很透彻。

“十万武陵山/一夜白头，瞬间塌陷下来/河水也放慢了流速”，是山在替他说，河水在替他说。“就算把我一个人放在旷野，置于暴雪和群山中心/我也只有沉默，没有恐惧”是自己的心在说，心在替雪说话，人雪合一，自己已经完全融于雪中。

“唯有雪落/落在我一生的某个时间里/就像落进了骨头里。”，这是雪知人意，在骨头里替诗人守着人世的山水。此时，沉寂是最好的良药。“我面前的白纸上，还是不落一字/白纸如雪，渐渐隆起，已没有什么需要呈现”，一切都不言自明。雪度有缘人，在这样的雪夜里，能感受诗人澄净的内心，就会守得住自己的十万武陵。（崔友）

拍　打

/杨胜应

他那么小，就知道拍打我的身体了
那么轻，那么慢，一点都感觉不到痛
我必须配合着假装痛哭流涕的样子
每一次都等着他拍掉我身上多出来的灰尘

他那么爱我，每次都在电话里喊个不停
那么干净，那么清脆，一点都不悲伤
我必须微笑着应答，就好像在他身前的时刻
每一次都等他把我喊忘记了，我才敢流出眼泪

选自《星星》2019年1月上旬刊

评鉴与感悟

人一生中，最为纯净的东西莫过童年，无论你面对多少困惑，劳累和多少“多出来的灰尘”，遇到童年的纯净，你自己一定也会纯净下来，成就一道无法言表的美景。这首小诗，场面看似平静，但是埋在童年

镜面下的波澜却令人心惊。每个成人，每个父亲，都面对着无法自拔的成人世界，但是这些烦恼、怨恨、在孩子轻轻“拍打”之下，在“每次都在电话里喊个不停，那么干净，那么清脆”的净化之下，在孩子的“一点都不感到悲伤”的情绪之中，都会轻轻放下，由衷地用“微笑着应答”，甚至“流出眼泪”。短短几句小诗，用孩子的纯净，触碰成人的苦难，用成人的隐忍，衬托孩子的纯净，不露声色，却厚重而又充满灵性。(崔友)

在黑夜

/也果

我再次确定
与幼小者的距离
如此单薄
宛如一页纸片
无法进入
我不知道
用什么方法才能重新
看到她
那个眼神纯净的孩子
此刻是最安静的人
压根儿
不会想到
自己的未来
以及
另一个人
与自己的关系

选自《诗民刊》2019年12月31日

评鉴与感悟

此诗用点墨的国画技法，寥寥几笔，勾勒出一种无言的意境，安静地描绘出两代人之间疏密关系。虽然这里的每一个句子不动声色，但是却有一种无形的力量，推动着我们去不断猜测，推翻，再推测，联想，在无言的境界中感受一种深深的不安。我们“与幼小者的距离/如此单薄/宛如一页纸片/无法进入”，但是，“眼神纯净的孩子”却让我久久难忘，有着深深的期待，还有忐忑的祝福和情怀，这种矛盾的心理起伏不定，不仅让诗意大增，而且让人产生无限遐想。(崔友)

木偶的比喻

/叶辉

木偶，或许就是
对人的暗示，只是我们看不到
那根线，比蛛丝透明

我照常行走，但有些人
已经倒下，他身后的人走了神
松开了手

父亲躺下几个月后离世
不知什么缘故，院子中的桂花
却开得更盛

几个放风筝的小孩
在对面楼顶嬉闹，天空很蓝
云朵像蚕丝

选自《江南诗》2019年第2期“首推诗人”栏目

米沃什反对不可理解的诗，在这一点上，他跟帕斯持有相似的观点，后者认为诗是神秘的，但也并非不可理解。他们无疑是正确的，也有极强的针对性，那就是现代主义以及现代主义之后遭人诟病的诗的晦涩。不过，问题还有另外一面，反对晦涩不等于可以剥夺诗歌含蓄的特权，因为说到底，含蓄或者蕴藉正是诗歌一个关键而必要的美学特点。

叶辉的《木偶的比喻》便是一首蕴藉丰富而不难理解的佳作。诗题，以及开首的第一句“木偶，或许就是/对人的暗示”犹如“诗眼”，牵引着读者理解的视线：木偶可以比作什么？或者说，木偶隐喻了什么？理解这一核心问题并不难，因为随着诗意的推进，在象征的意义上，作者提供一个大体明确的路径。所以，诗人通过第2、3、4节逐次的暗示，理解这首诗已经“说出”的部分是容易的，而这只是这首诗所以成功的一个因素，另一因素恰恰是诗人没有“说出”的部分：如果说人的命运之感，总是对木偶身后“看不到那根线”的意识，那么，我们应该如何应对这样一种命运？应对这一根本问题，才是诗人体现他“棋高一着”的地方。这高明，在本诗中，含蓄地隐藏在那么一种恬淡、超然的语调里，包括作者刻意拈出来的若干意象之中。法国象征主义大师马拉美说：说出是破坏，暗示才是创造。所以，在“说出”和“暗示”之间，诗人叶辉成功地达成了一种微妙的平衡，这使《木偶的比喻》成为一首优秀的象征主义作品。（李以亮）

雪后访梅

/叶菊如

它们以风雪为号，以大地为约——
一夜间全开了：千朵万朵
像是起义的火焰燃烧在人间

我没有声张。道不同不相为谋
我也是王家河的子民
我隐身于此
并把隐姓埋名当成余生的意义

以至于现在，我于其中
不相信我所看见的——
雪的庭院里
一封记忆中无限放大的旧信

选自《安徽文学》2019年第11期

评鉴与感悟

梅花开了，像火焰一样向我诉说，我隐姓埋名太久，面对绽放的梅花，不相信“雪的庭院里”，是“一封记忆中无限放大的旧信”。矛盾的心理中，有对过去深深的留恋，更有对往事的无限惆怅。这情绪，与陈超的“西山上落地的梅花”有异曲同工之妙。叶菊如这首关于梅的诗歌，表面看似很平静，内部里却蕴含万顷波涛，梅花开，加深了我的孤独，是也，非也，梦也，情也，外人无须猜度，面对“一夜花开”，笔墨浓淡，只有作者自己懂得。(崔友)

梦里栀香

/叶瑞红

羽楫承载着多少诗笺
在溆溆绿波里游弋
撑篙的曲率，惊艳了青鸟
轩翥之影　定是瑶池的传音
是你催眠了　垄垄雪花
是你催眠了　畦畦棉絮
迎着一苇清辉　悄然绽放
洁白的共轭曲线上
交叉着墨绿，也交叉着火红
东边一簇簇，西边一旗旗
仿若　涟纹漾起的溪草
又像　辚辙衍出的杼云
与瞬心线筹划香韵
神游于贯岭的林氏茶肆
周公赠予灵签，签曰：
岭北三里，取涧风五克
岭西百步，舀乳泉半升

岭中千尺，采栀子六颗
一半　在炉火中煎熬红黄
一半　在红黄中煎熬清正

选自《福建文学》2019年第12期

评鉴与感悟

从古至今，借物抒情，都是诗词创作最重要的手法之一，但在运用上，要达到“随风潜入夜”的意境，着实很难。许多人写诗，“物”被借了，却并未达到抒情效果，或直白，或生涩，或蹩脚……遗憾丛生。而叶瑞红这首《梦里栀香》不仅很好地“借”了“物”，而且在创作手法的运用上颇有新意。她在前面用铺陈的方式，展开了一幅画卷，画卷里，有动有静，有开有合。最值得品味的是后面一段，她借“涧风”，借“乳泉”，借“栀子”来一一煎熬，煎出来的，既是一服治心病的良药，又有一股难以言表的苦楚，从而让这首短诗，顿时有了一股特殊的感觉，这就是诗歌“润物细无声”的力量。（崔友）

幼小的告诫

/叶小青

小时候，母亲给过我一个这样的
告诫：如看到河里的石头上
无缘无故地出现乌龟，一定不要去动它
那是水鬼。村里人都知道
在水洞嘞，棺材潭边的石头上
就经常有乌龟蹲在那里
我知道的就有两个人在那里溺水身亡
现在，智识足够告诉我
那与石头上的乌龟没有关系
但我仍然会用差不多的告诫
告诫我的孩子

选自《诗刊》2019年7月下半月刊“银河”栏目

评鉴与感悟

明知道没有的事，我们却要信，还要从心底里敬畏——这是世界的玄妙，也是人生的无奈。叶小青的《幼小的告诫》，讲述了明知没有鬼，却要深信鬼的故事，不过这个“鬼”成了“蹲在石头上的乌龟”。他不但自己信了，还要“用差不多的告诫/告诫我的孩子”。其实，我们每个人都会如此，宁肯信其有，不肯信其无。

为什么会这样呢？因为这世界还由不得你不信，你看“村里人都知道/在水洞嘞，棺材潭边的石头上/就经常有乌龟蹲在那里/我知道的就有两个人在那里溺水身亡”。这样死亡，也许是巧合，也许是猜疑、联想太多，但是现实中，无缘无故中招的人还少吗？无论是天祸人祸，乌龟本无罪，有罪的是那些和鬼一样的人。

这点，不告诉孩子们小心点，怎么能行？（崔友）

与五个月大的女儿对视

/叶燕兰

我看见了整座大海，在翻涌
但只溢出了一点点
刚好打湿，她的小睫毛

黑色的，蜷曲的睫毛
极细微的，扑闪的浪花
在我就要游向漩涡之际
轻轻地，把我托举出水面

那“咿咿呀呀”，小手小脚挥动
如同海鸟扑打嫩翅
向新生者，发出肺腑之言

选自《诗刊》2019年第7期下半月刊

评鉴与感悟

新生的婴儿，与初为人母的作者，两个“新生者”，像两个拥有巨大磁场的星体，相互吸引，相依为命。而爱，就是这种无形却巨大的磁场。(叶子)

汉陶神灯

/叶玉琳

你好，亲爱的隐者
请允许我侧耳倾听
古老的时间怎样为你加持
缔结成一个有趣的灵魂
无数个风雨交加的夜晚
词语蛰伏，人迹缥缈
你的左手是古刹，右肩是石湾
大地不曾颠覆的一切过往
你替它取一瓢饮
美在这里静止，美正在旋开
眼眸中的爱与仁慈

古意快哉，贯穿山河
良马驰骋，草木深秋
仿佛有一道神谕
指向一门古老的技艺
让人置身其中

千回百转，吐故纳新
哦，谁是你光中的孩子
被深藏的轨迹
那么长，那么清亮
在不断堆砌的黎明中
与熊熊燃烧的泥与火
相互烘托，彼此照应

当星光浅淡，岁月腾空
有些背影是用来仰望的
有些荣耀陷入永久的孤寂
我庆幸还能踩着远去的鼓点
替你找回身体里的余光
以此骄傲地站立人间
宛如绝尘的花瓣

选自《诗刊》2019年第10期

评鉴与感悟

以一件汉代陶器为核心意象，以观览者的联想、启悟来延展诗意的空间，托物以宣志。以“我”向“你”倾诉为抒写的主要内容，表达对美与仁爱的钦敬与欣羡之情，语真而情挚。对“汉陶神灯”之诞生历史的追溯，对它所负载的余光的找寻，对民族古老技艺之辉煌成就的礼赞，让诗意表达更为丰富。时空的转换、叠加，主观议论的融合，使诗歌所立之象（汉陶神灯）得以传递更为深隽凝重的哲理。（林承雄）

稻草人简历

/一苇渡海

曾见它在光景转暗的一角
戴着破草帽，僵直的手臂
把花布条缠络又吐开

实用主义者并不关心这个
吓唬人的体系，它的象征
是否已破产。他们甚至

不能给它安上一条像样的手臂
竹竿太硬，稻草没有人气
但他们需要一个象征，对付麻雀

像需要凤凰或黄龙比附尊者
然后他们在田野或城邦的尽头
虚脱了，听天由命。麻雀已黄

麻雀，已黄。麻雀深谙稻草

在一个象征体系中的脆弱，它
知道绑着稻草的竹竿插得不深

随时被风揭走的草帽，可以
踩上两脚。那些从旧衣服上撕下
的花布条，像牛鬼蛇神的影子

在漫长的实用主义年代，撕扯着
松松垮垮的鬼神体系，直至他们
肚皮上的乡愿，溃败，断了神吹

现在他们像麻雀一样，黄了某些
农耕时代的准则和信念。他们
相信在无往不胜的迁徙里

过得称心。像麻雀把失去象征的
枯草衔上高枝，编制暖巢，这终究
比凤凰落下涅槃的余烬高级多了

是啊，我们翻新又翻破的田野
击垮了自身价值的稻草人
昂首挺胸，供孩儿们操练木刺刀

选自《江南诗》2019年第3期“首推诗人”栏目

评鉴与感悟

“稻草人”想必是很多人成长记忆中的重要部分，随着社会发展和时代变迁，特别是乡村面貌的改变，它渐渐从人们的视野里消失。这首诗题为《稻草人简历》，显然并非为这一慢慢淡出生活的事物树碑立传，而是借“简历”之名，透视一种历史以及寄寓在稻草人形象和功能上的文化的境遇。

此诗从一开始就将稻草人置于“光景转暗”的背景，并对之进行了还原式的描绘，逐一展示其“击垮了自身价值”的过程。在作者看来，稻草人是实用主义的产物，是那个漫长的实用主义时代特有的一个符号。但时代变迁不仅拆解了其形体，令其支离破碎，而且抽空或剥离了其象征内涵；而与稻草人相应的“准则和信念”以及“鬼神体系”，也随之坍塌。诗中充满讽喻地刻写了实用主义者的溃败与“虚脱”的情景，也通过勾画稻草人与“麻雀”“牛鬼蛇神”（同样为实用主义时代所特有）等物象的关联，反思了历史本身。（张桃洲）

给麦子的诗

/尹马

金黄到最美妙的时刻，不忍心
脱下那月亮，满身芒刺锋利
惹怒了雨水
哪一个女子不生长于麦地
哪一朵镰刀不在麦地里
惹是生非

有三五年不愿伤心
乡间的土地种下的，是越来越消瘦的
麦子。有三五年，雨水成泪水
再金黄的麦地，也挨不到五月
再干净的镰刀也喊不回
一个叫麦子的姑娘

我是不容易孤独的人
我内心锈迹斑斑，但住着麦子
倒是土地，金黄的皮囊不敌风雨

金黄的泥土，写着
一小块一小块离开的你

选自《诗刊》2019年8月下半月刊“双子星座”栏目

评鉴与感悟

海子说过：“诗，说到底，就是对实体的接触。”这实体，就包括太阳之下扎根于土地的麦子。“老哥俩一宵无言/只有水烟锅咕噜咕噜/谁的心思/也是半尺厚的黄土/熟了麦子呀！”这是海子的《熟了麦子》，可见，麦子是海子心中的故乡。

尹马这次也写麦子，但是他的麦子与镰刀放到一起，让人感觉出另外一种痛楚。“哪一个女子不生长于麦地/哪一朵镰刀不在麦地里/惹是生非”。一个“惹是生非”，让人产生无限联想，替他捏了一把汗。果然，在下一节，危机出现了：“再金黄的麦地，也挨不到五月/再干净的镰刀也喊不回/一个叫麦子的姑娘”。镰刀的存在，是因为有麦子，镰刀丢失了麦子，也就丧失了灵魂。作者用再朴素不过的诗句，写出自己的悲伤。自己虽然“锈迹斑斑”，但是心里一直住着麦子，现在眼睁睁看着麦子“一小块一小块离开”，而这种离开，又是因为自己这把镰刀惹的祸。人世间的矛盾，让这首平静叙述的诗歌，陡然增添了许多重量。（崔友）

冬日野景

/余怒

十一月到元月是
理解自然最好的时候。
枯树叶碰着刚洗
的头发带着一束电荷湿润。
鸟的气质因为飞而更为
明显几乎成了一条直线。
与我们平时阅读到的并不一致（对照
《鸟类图鉴》无法归类）。
但它坠入矮树丛
还是有声响。
像心脏里嵌入一块脆骨的那种心跳在
平整岩面上的蟒蛇倏然昂身之际。

选自《江南诗》2019年第4期“首推诗人”栏目

这首十二行的短诗，对冬景的书写简洁、有序，呈现出枯淡、疏野的美学意味。诗歌初读起来畅达、自然，但细察作品，诗歌要素及其联动关系，透露了诗人具体而综合的诗学考虑。第1、3、5、11行，在跨行上打断惯有的句读和形式经验，第3、4行和11、12行打破常规句法。这些形式细节，对诗歌整体效果进行调和、丰富，它们像诗歌中不规则的气流，诗歌节奏包括阅读节奏被打乱和干扰，读者更细致的文本凝视也因此发生。此外，第3、4句完成了视觉上的高与低、触感上的干枯与湿润的碰撞和弥合。第5、6句的飞鸟，像透视空间中的消失点，拉伸了诗歌的视觉空间。9、10句的“坠入”，带来了质量感。第11行忽然向“心脏”的内转，让野景与“身体”的“内在空间”发生玄妙的同构，但诗句随即节制地转向“野物”蟒蛇，它的“倏然昂身”和“心跳”的修辞关系，创造出有关内在精神的警醒、凝思、冥想的整体氛围。(梁小静)

天山骑手

/育邦

折翼天使骑着他的栗色小马
从博格达雪峰逶迤而下
松针铺落天山路
沿途的云朵纷纷避让
大雪纷飞的深夜
哒哒的马蹄声在幽谷中清洌地回响
他寂寞地寻找——
从他虹膜里驰骋而过的少女

哦，请不要想念我
我不过是一朵冷漠的天山雪莲
在星辰暗淡的时刻
抓住那短暂访问的彗星
上升，上升
错误的身躯，一直升到
神仙们的庙宇

骑手像走丢的孩子一般
在马背上轻声啜泣
他停下来，聆听
寂静的大海
在苍老的月光下低声吟唱

哦，请不要寻找我
我整夜漂浮在不倦死亡的湖面
我焚烧时间的床单
天山之瓮盛满尘埃和虚无
那里有一颗心灵
曾经完全属于你

选自《江南诗》2019年第2期“首推诗人”栏目

评鉴与感悟

叶芝诗云：我们是最后的浪漫主义者。但是，当我读到《天山骑手》时，我相信浪漫主义并没有在叶芝那代人身上结束。这说明什么？说明浪漫主义作为一种诗歌精神，作为人类智慧和情感开出的花朵，它不会结束，也没有必要结束！（必要，只能是某些肤浅人士的理解。）

在诗人的歌唱里，骑手与少女的爱情，一个是折翼天使，一个是天山雪莲，一个是向下追寻，一个上升到神仙们的庙宇，这本该是美好的相遇的过程。然而，请注意，诗人在此不准备吟唱歌颂爱情的老调子……《天山骑手》是一首关于寻找与迷失的复调之歌，也是一首形而上的安慰之歌：在错误的身躯和死亡的虚无之间，永恒是什么？是苍老的月光，是寂静的大海，是一颗曾经完全属于你的心灵……

《天山骑手》一诗，一反当下诗歌流行的琐屑、拘泥、肤表的风尚，以类似叶芝的质朴、黑塞的浓郁、圣-琼-佩斯的开阔的语言，给读者吹来了一种久违的新鲜、大气的诗的真气。（李以亮）

旅行计划

——给我的丈夫张建祺

/袁永苹

你我好几次说起要远走他乡
出去旅行，看看外面的天地。
在冬季，你总说要带我去钓鱼
你说你曾钓到过最大的鱼
足足有好几斤重，震惊了整个河边的人。
你说我们可以去钓上各种各样的鱼
大的你可以为我做成美味，
小的我们可以喂养我们的猫。
一晃两年过去了，我们哪儿也没去
没去旅行，也没去钓鱼，
你的渔具被我放在阳台的抽屉里
它们就像是要留给梦想的礼物。
我们总是说着，在未来……
后来，我们在结婚日那天的照片上面出现
你脸上写满了羞涩，穿灰衬衫，利落的发型，
我穿着红裙子，微胖。
虽然那时我们的心已经疤痕处处，

可是我们却真的像是
从未受过伤痛的新人。

选自《江南诗》2019年第4期“首推诗人”栏目

评鉴与感悟

《旅行计划》这首诗书写了一种朴素、日常的情感生活，语调平淡、自然，语言偏向日常化、口语化。这些普通、常见的经验材料和诗歌语料，经由诗人出色的叙述，交织成富有表现力和活力的张力体，在其中，日常伦理情感的复杂、斑驳都被一一激发。时间和空间的变化，构成诗人基本的叙述动力。“一晃两年过去了”，常出现在想象和对话中的空间场景——“他乡”“外面的天地”，并没有出现在“我们”的真实生活中，反而，“我们”出现在看似逼仄、充满仪式感的“结婚日照片”上。在诗末，空间进一步内转、聚焦到“我们的心”，在这种扭转式的叙述中，“我们”的情感质地逐渐浮现，并越来越立体：那是一种承受式的、叠加式的复杂的情感方式，在其中，想象与现实、“他乡”与此在、甜蜜与苦涩并存。（梁小静）

芹菜的琴入门

/臧棣

我用芹菜做了
一把琴，它也许是世界上
最瘦的琴。看上去同样很新鲜。
碧绿的琴弦，镇静如
你遇到了宇宙中最难的事情
但并不缺少线索。
弹奏它时，我确信
你有一双手，不仅我没见过，死神也没见

选自《凤凰诗刊》2019年1月12日

评鉴与感悟

对于世界上这些细小名微的事物，臧棣的努力不在于简单地给它们以伟大的名姓，而是给它们以生长，以空间，每一个事物都可以是一个形态各异的人体，每个当下都可以承载一次他者的进入，每一次作诗都是对事物的赋灵。真正有意义的努力是去激发它们内部广辽的自我，去扩大它们在实存中的弹性，毕竟对一切的事物而言，所有被命名的都有失偏颇。而“空”本身就是一种命名。

落实到“芹菜的琴”身上，如果我们试图一探这个词的来路，会发觉，也许是“芹”与“琴”的谐音触发了作者的诗思，“芹菜的琴”这一角度在“入门”系列里，与其他客观日常的取物对象，如“蜀葵”或“地铁里的乞丐”等相比，不仅是私人化处理的提前示现，更是一个活词的出生证明。

而若把“芹菜的琴”作为一个有生命的“新词”，臧棣的这首诗也为生命如何通过物进入词提供了一条通路。从生命体感入手，臧棣找到了“琴”和“芹菜”。诗人借用一个词语入诗，往往借用的是物的属性，如利用“火”来唤起某种炽热，用“蝉鸣”带来可查的聒噪。同样的技巧在本诗中，混入了生命体感的“琴”不再是几根细弦的简单排列，而是进一步代表了某种鲜活的要发声的愿望、某种活，与此对应地，“芹菜”也不再单纯是某种多纤维的蔬菜，而是借其渺小、鲜活、倔强，代表了一场私人的生命。当这种生命体感进入物，当“琴”进入“芹菜”，不仅是诗人借物抒情，更重要的是诗人赋物以灵，臧棣构造了一个新的活词，也即一个新的生命空间。

“芹菜的琴”之于世界，天真之于诗，无知之于真相，也许不仅是学步唯一的通途，也是唯一的终点了。（徐小冰）

外白渡桥

/张烨

月光潺潺流淌在外白渡桥

“我永远爱你
除非你哪天不再爱我。”

这就是你爱的深度了
我的神情蓦然黯淡，为自己的魅力
不能将你的心儿永久占有
你下半句话不说出该有多好
你下半句话不说出我会感到幸福
幸福有时候是瞬间的满足

但我发觉自己在愈加爱你
由于你的坦率诚实
由于你音色温存、深沉如桥下的波澜
是的，即便你哪天不爱我
我还是爱你的

不然世上就不存在痛楚的
无望的爱了

这情感我必须深藏
只有岁月才能证实
但我不愿这样的一天降临在
夜深人寂的外白渡桥

你甜柔的眼神漾开了我的微笑
可你不知道，不知道
月光像淡黄微酸的

柠檬汁缓缓流注我心头

选自《学习方法报·语文新势力》2019年10月15日

评鉴与感悟

张烨曾被视为写爱情诗的高手，其实她由最初的纯情抒写（如《妙龄时光》《初恋》）到后来的爱情诗之间，是经历了一个转折的，这一转折即是女性境遇在爱情诗中成为隐层结构，著名的《外白渡桥》可以看作这一转折的产物。诗中男女主人公的对话分别是“我永远爱你/除非你哪天不再爱我”和“即便你哪天不爱我/我还是爱你的/不然世上就不存在痛楚的/无望的爱了”，并不是男性的坦率，而是女性的执着和悲剧心理，由此，这首诗充满了感人的氛围。“月光像淡黄微酸的//柠檬汁缓缓流注我心头”，女性的爱情文化心理被惨痛地撩开一角。有评家认为《外白渡桥》的艺术价值在于提供了一种新的爱情经验，在我看来这种新经验便是诗人敞亮了一种久已存在的女性爱情心理。这首诗有一种表面的单纯，但在深层结构上，女性体验的深厚内容带来了张烨诗歌的质量。从某种意义上说，张烨的诗歌体现了一种女性文化精神，即由女性境遇所生成的生命文化与生命哲学的自觉。（荒林）

在乡下，神是朴素的

/张二棍

在我的乡下，神仙们坐在穷人的
堂屋里，接受了粗茶淡饭。有年冬天
他们围在清冷的香案上，分食着几瓣烤红薯
而我小脚的祖母，不管他们是否乐意

就端来一盆清水，擦洗每一张瓷质的脸
然后，又为我揩净乌黑的唇角
——呃，他们像是一群比我更小
更木讷的孩子，不懂得喊甜
也不懂喊冷。在乡下
神，如此朴素

选自《学习方法报·语文新势力》2019年7月2日

评鉴与感悟

张二棍这首《在乡下，神是朴素的》使我想起乡下的日子，那时，爷爷、奶奶、太公、太婆还在，我们四代同堂，老人肚子里故事多，风俗也沿袭得好，贴门神、插柳枝和祭祀这些事，我总是做得饶有兴致，十分虔敬，但掉头又去拔茅针、采桑子，与小伙伴过家家了。提到灶神、门神、土地神、家神……我理所当然地认为，他们和祖宗一起守护我家，给我们以看不见的庇护。

如果他也这样顺势而写，我不会意外，使我惊喜的是，这位与我同龄，与我一样有乡村经验的诗人这样写"——呃，他们像是一群比我更小/更木讷的孩子，不懂得喊甜/也不懂喊冷。在乡下/神，如此朴素"。在此，诗人有了更深的内观——这些乡下的神，难道不是我们的意识演化出来的吗？也许，他们就是"我"的思想、意愿，是"我"的分身、化身，是我形而上的部分。对应孩童的懵懂、木讷，神仙们也一无所求、一无所虑，并不关心香火与叩拜，他们就是有着上古先民般天真的"我"，是为神擦脸的小脚祖母，在人间烟火里，在我们的意念里。

总有些诗，读起来是文字，其实是心，比如这首。乡下的神与乡下人一样，"不懂得喊甜/也不懂喊冷"，不觉辛劳。乡下的佛龛或神龛，我们想起什么食物或鲜花，就随心供上，供奉的与其说是神佛，不如说是自性、本心；垂怜的与其说是穷人、苦人，不如说是一颗本自具足的顽石心。读着诗，我想起那位怕菩萨寂寞的老婆婆，下雨天，她就颤巍巍地赶上山，陪菩萨说说话。是啊，以心印心，心心不异。(田字格)

第三条鱼

/张楠

晚上九点
第三条鱼横穿了马路
“小区”北门的女子捏碎了一朵黄花
我忘记了瓷枕上的一缕青丝
幽魂正与黑夜对话

我确定被“误诊”了
进入黑夜的台阶有些发凉
肠胃里的酒精是一场“大雨”
它无关某种病例的起源
比如说：神经

我过了马路
排在了第三位
不在水里的漂流瓶
只能在我的脊背上

化鸟而翔

选自微信公众号“建安部落”2019年8月6日

评鉴与感悟

潜在的意趣，含混的指向，误诊的秘密，一切都从“错乱”开始。

一切照旧、庸常如故、平淡如水的生活，对作者来说，肯定就是假的、虚幻的甚至是荒谬的。别看他在日常中把自己弄得非常真实，其实，这分明就是因长期“不得已”而形成的表面生活惯势，我们每个人都有，区别在于作者看见了，思考了，而且想在这种惯势之外另寻一种生命和灵魂的独特存在。为此，他付出了自我的被误诊，真实与幻境、正常与神经、沉默与对话，都表达得淋漓尽致，毕竟，我是相信错乱的，你我他，我们都有。这首诗歌，虽不能说特别经典，但的确为诗歌创作提供了一个可资借鉴的途径。(见君)

纳博科夫的蝴蝶

/张曙光

纳博科夫喜爱蝴蝶。他捕捉
并杀死它们。他把它们做成标本
钉在纸板上。这是否在告诉我们
爱是一件残忍的事情？早餐过后
我清洗着碗筷。大海在远处发蓝。
它沉默。我听不到它的声音。也许太远了。
我听到的只是自来水管发出的哗哗声。
我喜爱海。但我无法捕捉
并杀死它。我无法把它做成标本
钉在纸板上。爱有不同的方式。
美也是这样。大海在远处。发蓝
并沉默。我知道它仍然活着。
它沉默着。但我知道它愤怒时的样子。

选自《江南诗》2019年第3期“首推诗人”栏目

纳博科夫的蝴蝶嗜好人尽皆知。美国昆虫学家、宗教学者库尔特·约翰逊和作家史蒂夫·科茨围绕纳博科夫的这一嗜好，写了一部名为《纳博科夫的蝴蝶》——兼具传记性和学术性的书，以专业眼光衡估纳博科夫收集和研究蝴蝶的价值；而国内外从所谓“蝴蝶美学”的角度，分析纳博科夫的小说创作甚至作品中人物的论文，亦不在少数。

这首短诗同样由纳博科夫的蝴蝶嗜好入手，不过它没有止于这一嗜好本身，也没有“正向”地理解和阐释这一嗜好，而是对之进行了“反思”性追问：“这是否在告诉我们/爱是一件残忍的事情?”诚然，嗜好可以被视为爱的一种，但二者显然不能完全等同。随后的诗句并未即刻回答上述追问，而是转入了另一场景：“发蓝”而“沉默”的大海；并且以简洁而短促的句式，两相对照地引出了关于爱与美的“哲学”：“爱有不同的方式。/美也是这样。”

值得指明的是，全诗不是简单地做出一种孰是孰非的道德判断，毋宁说它要探究的是人性。作者当然有自己的偏向，诗中反复强调的大海的“远”“发蓝”和“沉默”，应该正是他心仪的人性形象。(张桃洲)

宿王店

/张永伟

鸡叫的昨天，我还在那里。
不过我不是王莽。

满河的风，吹着野地，
新旧的标语。

在我的国家，我从来不追逐
任何人。一切都是误解。

我的心里，只有一树梅花——
也许只是一枝。

白鹭和鱼，顾影相望，
偶尔像斗嘴的邻居。

而在湖山，帝王就是一条小狗，

风雨就是酒杯。

选自《江南诗》2019年第1期“江南风”栏目

评鉴与感悟

《宿王店》是永伟的酒后之作，延续了他对永恒运转的日常真实的名词式、白描式勾勒，和一贯冷观欲望世界与历史幻象的疏离姿态。通过将自我、日常与国家、历史平行对置，诗歌以日常对抗历史，以酒对抗时间，以柔弱之美（“梅花”）对抗庞然大物。“王店”是王莽追杀刘秀之地，隐喻权力场和欲望域，“我不是王莽”“不追逐任何人”是对欲望、暴力的否定，亦是对自我的反向确认。“标语”“白鹭和鱼”是诗歌的具象性支脚，“湖山”亦是，它实指一个十二位诗人的小型微信群，隐喻主体的精神世界，同时亦指广大的自然世界。永伟擅长利用碎片表达、减笔、跳跃、并举，为词语制造光芒，为诗歌点染神秘的灵韵，如“风雨就是酒杯”，又如其近作中的“在星辰的笔迹间，没有你的留言”，一种阔大而诡异的美，一种“对生存之重做出反应”（卡尔维诺语）的轻盈。（苏野）

滚铁环

/张执浩

我滚过的最大的铁环
是一只永久自行车的轮圈
我用弯钩推着它
摇摇晃晃地上路
八月的星空
高高的谷堆
我沿着晒谷场一边跑
一边想象着黑暗的尽头
当我越跑越快
铁环溅出了火花
我感觉自己已将黑暗推开
而身处黑暗中的父母放下蒲扇
紧张地望着我
看见我消逝在了黑暗深处

选自《学习方法报·语文新势力》2019年8月6日

神奇和平凡之间的关联——要么是一种对立，要么是一种反差，对诗而言，永远都是想象力的催化剂。优秀诗人的拿手戏，就是在平凡中见神奇。这与其说是一种诗的观念，毋宁说是一种诗的方法。新诗历史上，卞之琳就很擅长在平凡中见神奇。就观念而言，强调诗和平凡之间的勾连，是一种现代的做派。平凡，意味着诗必须依靠日常经验来保证一种诗的真实性。《滚铁环》的取材，可谓平凡到再熟悉不过。20世纪70年代的中国场景里，对男孩子来说，滚铁环几乎是一种普遍的童年经历。这么熟悉的题材，怎么引出陌生的角度呢？追究细节，并将细节的力量融合到文学的隐喻中，是一条不错的路径。从回顾童年的角度，作为人生经历的一个片段，“滚铁环”本身已经是一个带有典型色彩的细节。接下来，重要的工作，就是将细节中包含的“人生的氛围”再进一步细化。乡村场景，天色渐暗的晒谷场，父母的眼光，就像一个想象力的包围圈，一方面不断挤压诗的细节，另一方面又不断生成细节的细节：因快速摩擦而产生的“火花”，将诗的场景从生活记事迅速推进到光明与黑暗的终极决战。看似少不更事，但身体的觉醒正是从童年的这场游戏中突然开始加速自我的养成；来自童年游戏的教育里其实包含着意想不到的“天启”：“我感觉自己已将黑暗推开”。这样的成长，只能来自与生活本身的接触，它无法在课堂中获得。事实上，因为担心，从父母手中放下的“蒲扇”，也紧张地引证了这一点。在来自父母的目光的见证下，“消逝”在“黑暗深处”的我的身体，完成了一个生命的飞跃：它已敢于独自面对黑暗，并深入黑暗的纵深。

“消逝”，这个词，用得格外老道。从用语的惯性上讲，一般人会使用“消失”。但“消失”，更多涉及的只是物理现象，“消逝”则把心理感受引入事件的判断中。换句话说，消失在黑暗深处的“身体”，完成的是成长仪式中的一次告别。就此而言，与其说这是一首回顾童年经历的诗，莫若说它写的是一种诗化的成长小说。从诗的技艺上讲，对素材的老练的取舍，与对诗的隐喻的指涉范围精准的把控，让这首简短的诗读来意味格外深长。（臧棣）

唯有大海不可辜负

/张作梗

这海水像是用永恒做的
铺得比时间还远
这海风无妄地吹着——把潮湿像隐秘的
记忆一样留在了我们体内
这海浪轮番扑跌在红褐色的岩石上
飞溅的迸裂比死亡更惊艳
这海滩，细腻、平整、松软，像是大海
遗落在岸边的
一只供我们沉思、休憩的枕头——
这海港，规避歧途，建在所有风暴之外
如此静默、温柔，一次次
接纳着我们的到来和离去……

选自《江南诗》2018年第6期“江南风度”栏目

评鉴与感悟

这是一首充满哲思的诗作，尽管它的写作对象是大海，而大海在这里不像是一个具体的、生活层面的东西，而是抽象的形而上的存在，对照着“永恒”和“时间”的宏大命题。全诗充满了隐喻和象征，“海水”对应着无限广阔的时空，它在人身上留下的痕迹是记忆。“海浪”对应着孤注一掷的英勇，消亡瞬间爆发的绮丽，而“海滩”则是在这种激烈和痛苦中幸存的一个栖息地，它规避所有负面与不安的事物，成为诗人笔下唯一的乐土。我们都见过大海，读这首诗使人仿佛再次看到那种激昂和平静交织的场景，大自然既有凶残的一面也有慈祥的一面，两种截然不同的品质在大海的身上和谐统一，或许这也正是诗人感叹“唯有大海不可辜负”的真正原因。(蒋立波)

叹　息

——为大屠杀死难者

/赵四

我听见，我听见掉进混乱与惊恐的人群
掠起群集的雨乌鸦，大笑，成群的大笑飞过
撞着哭墙。胜利的业火口含利刃
切割叹息，一片，两片，羽毛飞舞
你出现，出现在漫天大雪中
你们所无法想象的事物出现，时间到了
白色的血滴滴溅起，雪花中最亮的朵朵
我看见，我看见你的大苦之心鼓胀，鼓胀
轰然而出的天使，一边敛紧他尚不熟悉的
大翼翅的根部，顶住从你的内心吹出的风口
一边用尖嘴喙低头凿开偌大的石化世界
已经僵硬的你，如此巨大的叹息矗立内燃
一堵火墙，一堵火墙阴湿地燃烧，冒着
苦涩的白烟坍塌，埋下，埋下永恒叹息

选自“东星资源网”2019年1月27日

面对太过巨大的人类创伤，作者用叹息铸成的虚无哭墙去发言，而哭墙的叹息，巨大、撕裂、沉重而又无奈。但我坚信，死者肯定活在另一个时空里，只是我们还不会和他们沟通联络。

掉进混乱与惊恐的人群，群起而又大笑的雨乌鸦，被撞击的哭墙，业火利刃切割的叹息，飞舞的片片羽毛，这种组织意象的能力及其带来的沉闷的压迫感自然非比寻常。而其后，无法想象的事物出现后，一连串叠加的意象更是让人喘不过气来：滴滴溅起的白色的血，鼓胀的大苦之心，敛紧大翼翅根部的天使。当石化世界被啄开，僵硬的你出现，火墙开始阴湿地燃烧，冒着白烟坍塌下来，埋下那个巨大的永恒的叹息。这首诗是由隐喻和象征铸就的天堂，冷抒情的创造力为现代诗的写作树立了典范，反复的律动则更强化了诗意的建设。（见君）

钓鱼城(长诗节选)

/赵晓梦

24

我能确定我睡在星辰和月亮之间，
睡在前世的记忆里，也睡在
城门洞里。白鹿书生仗剑去国，
都在棋布星分的筑城路上。
阳光拉长石梯的目光，我和我的城
只隔着两条江，江里的船和
岸上的云一样透明。下到水里的
一字城墙，让鱼和盐轻松上岸，
山上的天池让一城人保持水分。
城下的荒草在火里开垦屯田，
村庄重新摇曳炊烟。糜烂之蜀
因此富足殷实，浊酒扶不起的寝食、
从前烟雨、假山回廊、翠洞莲池，
都在钓鱼城青石苔藓间，跳出
满天朝霞。
我确定我睡在丹桂和蜀葵之间，

石头做的枕席没人能抽走，如同
头枕群山的河流，不会因为黑夜
滞留途中，停靠钓鱼竿的码头
不在黎明就在梦里。湿润的阳光，
只会是即将到达的下一个钓鱼的
地方。

25

用石头的城钓鱼。用内水外水做鱼饵，
用山的形状做成鱼竿，用激流和悬崖
做成钓台，用垂直阳光做成宫殿的
护城河，以十年为期，
筑出“川中八柱”、八十三堡垒的
死亡容器，收纳顺江而下的鱼尸。
西蜀不再是马蹄随意出入的祠堂，
独钓中原的石碑上，我不介意有无
我的名字。

26

白衣书生匡复社稷的理想，
就该在尘土的宽袍大袖里飞。
当临安城的烟花醉意未醒，
我已在剧烈的寒风中告别剑门。
直捣兴元的轻狂，
让大军难觅当晚的宿营地。
故国眉目如此清晰，黄河用古老的
韵脚抒情，莽莽汉水和秦岭从未
变节，伸手就能触摸他们的肩膀。
风在峭壁上镌刻欲望的脚步，
血在荒原上乱飞，人在暗夜里奔走。

靖康以来，马不停嘶鸣，
人不停流血，战争照顾不到那些
烟熏火燎的面庞。白骨露野的大地，
唯有鹧鸪和乌鸦的翅膀。国之
西蜀啊，早已跌进时间的黑洞。
偏安的享乐，透支了太多的
小桥流水，倾其所有的北伐，
不过是声势浩大地繁殖老树昏鸦。
漫天风雪里的生死搏斗，难觅
一块宿营地。撤退路上，
一个仓皇奔逃的老渔翁，让我
看到宿命的影子。在这油尽灯枯
的黄昏，舌尖上的乌云，
是山风无法辩解的判词。

27

耀眼的痛苦！明亮的悲伤！
溃败的夕阳！清冷的月光！
行走在溪山之间的衣衫褴褛，
没人知道尸体堆积有多厚。
落满雪花的高山峡谷，虽能
证明飞鸟的踪迹，却不能掩埋
马蹄里的寂寞关山。
貂裘渐冷，黑白分明的旷野，
如同古老的墨汁在时光中发酵，
望不到尽头的路，在风雪中
剧烈咳嗽，遥远的落日声音
嘶哑。独坐阑珊门槛，
我尽量挣脱乌鸦的怀抱。
这是我的黄昏！我的旷野！

我选择一个人在夕阳中度过。
风正吹干路边的雾凇，向晚的
村庄空无一人，寺庙安静得
不食人间烟火。暮天风景里，
白衣书生遥不可及的梦想，
被安置在黄昏撞破黑夜的孤独里。

28

回到重庆，我又去了一趟嘉定，
那里有九顶、子云、清溪、白岩
和良田万顷。每天好像都在赶路，
每天好像都从未到达，仿佛启程
是为了证明出发。蜀口钓鱼城，
始终在河流的怀抱敞开城门。
朝天的城门外，是冬日寒冷的清晨。
瘦金体的浅滩里，船工的号子走得
艰难，赤裸的身体像是在冷水里
打铁，升腾的水雾在峡谷边缘爬行，
岩石的缝隙没收了我的眼睛。
我得给自己的留下找个恰当理由。
拒绝所有好意的昏迷，万事置之
身外，
以自己的轻战胜不可一世的重，
以一根钓鱼竿继续未竟的使命。
用石头的城钓鱼，故国三千里的
繁华虽不见得能还原，但后世的
墓碑将会确认，我能钓到大鱼，
也能钓出历史的断编残简。
只是现在，除了钓鱼，我对故国
一无所知。

29

再给我一点时间。我不是一个喜欢
热闹的人。古老的山顶太吵太乱!
大战后的钓鱼城，风正把硝烟和
血汗吹散，风里有持久的回响，
鱼的声音我听不见。即使彼此能
看见，但彼此听不见内心的呼唤。
嘈杂的声音，在砲石击倒台楼时
暂停。鼓声短暂的沉默里，
有更为杂乱的声响。急促的铜钲里，
鞑子落潮，从悬崖峭壁的城墙退去，
从砲石震天雷火枪的惨叫里抽身，
城楼上驱逐瘟神的鞭炮零星散乱，
人的呐喊远比人的惨叫来得猛烈。
蝴蝶飞走了，蜻蜓飞走了。
山腰悬空的卧佛还在从耳朵里
掏出打扰清修的杂音，石窟里
打坐的佛还在拂去额头的硝烟。
血染黄昏，一城人又在护国寺的
钟声里欢腾。没人能让这声音消停，
所有耳朵，都塞着石头砸出的快感。
兼知合州的任务还没结束，天池的
鱼还在等着与我见面。
仿佛事先约定，仿佛余帅早有安排，
池塘里的鱼列队完毕等待检阅。
我得找个角度，让天池安静下来。

30

七月的黄昏，风匍匐在池塘岸边，

宽阔的水面足以抚平心潮澎湃。
保持安静，我的眼睛才能看到
鱼的眼睛，鱼竿才能找到嘴唇。
只有块头大的，才配得上东新门
城楼两根大旗杆高挂的垂青。
即使风能飘扬旗帜，也不能动摇
鱼的意志。
旗杆上的大鱼，像是射出的利箭，
落入鞑子的眼睛。黑夜里蒸出的
两筐面饼，带着热气扑向城下大兵，
动摇他们不知深浅的胃。
我们的粮食多余得没一点水分，
无论怎样围困都是徒劳。唯其徒劳，
才有乱石穿空的人生，才有稳坐
钓鱼台的凛然。

31

黎明前寄出的书信，在黄昏收到了
回复。大河两岸，曾经的万帐穹庐，
连同舟楫浮桥，散落一地喧嚣倒影。
城下半岛，空留嘉陵萦带，
如同秋风把庭院打扫得干干净净。
仿佛半年来的血腥厮杀从未发生，
仿佛江山从未失守也从未破碎！
我没有说，也没有问，这两条鱼
两筐饼，到底给了谁致命一击？
这石头钓的鱼，笼屉里蒸的饼，
在秋七月的黄昏，有了超越砲石
火器弩箭的强大力量，有了让
巨人钓鱼传说复活的时间奇迹。

哪怕鞑子死后多年，也得
咀嚼这石头鱼饼带血的滋味。
护国寺的钟声，撞出一城人压抑
已久的癫狂和醉态！风停在胡须上，
鱼停在石头上，血凝固在夕阳里。
我只是挥了挥手：把所有
城门都打开吧，让大伙透透气！

32

水瘦山寒。蒙古人的马蹄来得太快，
开庆元年春二月的天空醒得仓促。
荒凉的村庄已吹不出杨柳风，
去年倒下去的草还没重生，树林里
还残留着旧年的霜迹，逃荒的人群，
眼里布满故土难离的贫困。
我不是一个会看面相和风水的人，
我只是一个用石头钓鱼的守城人。
晌午时分，上游漂来一叶扁舟，
为我送来比粮食还惊喜的鱼饵。
水军码头的河滩乱石上，
将士们把沙土站得比鹿砦还牢固。
乌鸦盘旋的天空下，伶牙俐齿的
晋国宝，在颤抖的跳板上如履薄冰。
他有着猿猴一般的表演，颠倒黑白
地振振有词，不过是为了当好一名
说客。我不杀他，是不想让黑血
污了宝刀；我杀他，是为了钓鱼城
与众不同的黎明。欲擒故纵的把戏，
不过是让鱼饵养得更加肥硕，符合
大鱼的胃口。

说客一口气逃到峡口，我的刀已在
等候。校场坝的旌旗，因为叛徒
的头和血，飘扬得更加热烈，
那些压抑的情绪，发出与子同仇的
山呼海啸。咆哮的轰鸣，
穿越二月的山川河流，震碎了
青居城蒙古皇帝欢度新年的酒杯。
我要的鱼，
吞下了他自己做的饵。

33

与大鱼搏斗，你得保持耐心；
与大鱼搏斗，你得假装聪明。
鱼吞下饵，可能吐出饵；
鱼咬住钩，可能拉断竿，
可能连人拽入激流漩涡。
与大鱼搏斗，你得学会周旋，
像太极，四两拨千斤。
甚至假装妥协，假装把自己
置于险境，直到大鱼咬牢
这石头城做的钩。
半年的生死搏斗，瘟疫里挣扎
的鱼，无数次把我们逼入绝境，
我们无数次打消鱼放弃的念头。
仿佛只差一步，我们就会被鱼
吞噬；仿佛只差一步，鱼就会
咆哮涌入城门。
不知城池深浅的鱼，在徒劳
无益中耗尽了体能，也耗尽了
体面和尊严。死亡动了恻隐之心，

看似绝境的山城，在垂直的
阳光下获得了丰收的喜悦。
在奇迹降临的那一刻，我的脸上，
落下了果壳开裂的一滴泪。

34

静静的嘉陵江，古老的钓鱼山，
用石头钓鱼！用石头的城钓鱼！
筑城人见过的那个老渔翁，
每个夜晚都在出入我的梦境，
他想钓的大鱼和历史断编残简，
都在我这半年的钓鱼途中。
酒液熨过肺腑，山风吹来乌云，
胸中的诗句乱花飞絮，锦袍上的
神韵拾不起散落的月光。
大地可以宽恕荒芜，墓碑可以
原谅无字，河流尽头的山岚，
不知宁静有多久？晨曦有多远？
西子湖畔歌舞几时休？
酒杯装不下闲愁。江风一吹，
鱼的腥味又在到处乱窜。

35

再给我一点时间。在这喘气都
费力的两年，铁链枷锁深入骨髓，
生铁的冰凉，让漫长的休息失去
体力，失去书写和回忆的缓冲地带。
重复的早春二月，让我从钓鱼者
到被钓者，仿佛从未迈出鱼的轮回。
成为鱼的第七百三十天，我的生命

进入倒计时。赵老庵前肆虐的
寒风，仿佛在宣读死亡的判决书，
隐居奈何桥边的那一丝气息，飞过了
忘川。黄河近在眼前，故国近在眼前，
鱼度不了自己也渡不了冰封的河面。
尽管这庵前的野草还会重生，太阳
也会开化收起狼烟剑气的大地，
我的灵魂已出门，犹如一块无字路碑
在黄泉摆渡。

36

重复的早春二月，明媚不了瘦金体的
巴山蜀水。重庆的春天城门紧闭，
鼓楼和漏壶已定不了晨昏，小舟上的
箭已判断不出时辰，青黄不接的一城人，
像别人网兜的鱼，想要翻身已是困难。
薰风门外那片沿江开阔地，也速答儿
像黑云压向那些枯索的桑树枝，马蹄
跑出死亡的加速度。这些树的春天，
草的春天，一城人的春天，都得我来
扶。荒凉的平坝上，怎能少了我这个
“四川虓将”。尽管王朝已走到尽头，
交出传国玉玺的皇帝，从活在一张
纸上跌落到流言蜚语的嘴上，我也
不能缺失二月的一腔热血。
硝烟煮沸的热血，垂直阳光燃烧的
战场，虽不能荡平蜀道凌乱的风，
也不能捧出满天朝霞的黎明，
但在后世典籍里，
注定能挺直城市黄昏与黎明的脊梁。

溅落在时间刻度上的火星，注定
不会悄然熄灭。即使遁入尘埃，
也会成为沧桑黄卷中淡淡的墨痕。
如同夜空中飞驰而过的流星，
虽然闪烁即逝，但那些带着亮光的
体面与尊严，
足以穿透历史的眼睛，以一块石头的
名义侥幸留存下来。让每一个穿过
城门洞的人，莫不低头，莫不怀旧。

37

夜晚是最好的死亡方式。被死亡拉长
的夜晚，鱼的眼睛照顾不到人的软肋，
比如劝降的书信，比如洞开的镇西门。
青石板的巷道渐渐体力不支，
挡不住潮水般涌进的马蹄。风吹走了
房间里的椅子，也藏匿了鸩的酒杯，
活着只留下对死亡的牵挂，还有城墙
粗重的喘息。
没有火把的扁舟也能撑开子夜的
黑暗，没有星光的江水用尽了群山。
我能逃离火光和血光烧灼的城市，
却无法逃离切开肺腑的伤痛与遗憾、
耻辱与孤独。
山脉永恒的静默蚕食我亘古的悲伤，
尖锐的江风毫不手软。我知道，
死不了的余生都将在下跪里悔恨。
等待我的黎明，没有朝霞摇晃。
涪州江面上，铁木儿的渔网终止了
我的颠簸与紧张。

乍暖还寒的浪花打在身上，已没有
心跳的回响。既然死没了退路，
活着也不需要什么理由。解往大都的
囚车如同行尸走肉，没有哭泣，
没有愤怒的头发和凸出的青筋。

38

北行的囚车，抬高了回首的目光。
往前二十年的春二月，那是我和
钓鱼城的青春岁月，
也是石头钓鱼的滚滚往昔。我们在
各自的命运里起身，砲石在风中飞舞，
火雷在空中炸响，河面布满鱼的死亡
细节。坏天气，坏脾气，都留给鱼
翻阅。居高临下的城墙上，月光
拉长我们玉树临风的身影。
二十年驰骋纵横，二十年号角呜咽，
城墙上的血迹从没干过，城下的田野
从未停止荒芜，我们单纯的努力，
拼接不起王朝散落一地的月光。
余玠王坚点燃的火苗，虽能擎天撼地，
却不能阻止破碎江山在昏聩里沦陷。
重复的早春二月，挺出江山的石头，
犹如薄刀岭岩石缝里长出的荆棘，
足以刺痛苍鹰的眼睛，足以慰藉
故国的眷念。

39

重复的早春二月，鱼的囚车走得缓慢。
从少年的凤州到白发飘零的安西，

途中是蜀地千里“尽忠一世以报所事”，
仿佛我从未离开又不曾回来。
我的名字到过许多地方，我的身体
像是从未启程。马蹄敞开的大地，
时间遗弃的群山，虽未变节，
狼藉的村庄却再也藏不了
一张琴、一溪云。
成为鱼的第七百三十天，黄昏时分，
一位故人像乌鸦从赵老庵前飞过，
在我枯朽的身体刺出无法证明的
伤痛。
那些牵挂的人和事都在风中走远，
都在掌心咽气。钓鱼城的月亮还在，
钓鱼的人和石头已被解散。
隔窗而望，
死亡的弓弦拉满告别的心跳。

选自《草堂》2019年第1期

评鉴与感悟

如果用唐代司空图的《二十四诗品》来给赵晓梦这首长诗定下审美品格，那就是劲健与悲慨。劲健具体点就是：诗人心神坦荡如同广阔的天空，气势充盈好像横贯的长虹。让真切内容充实作品，用刚强的气势来统帅始终。这恰是诗人英雄主义情怀的展现，劲健是这首诗的精神，让这首长诗变得铿锵有力。而悲慨是这首诗的味道，也是内容，核心就是“壮士拂剑，浩然弥哀”，翻译过来就是壮士拔剑自叹，抒发满腔悲哀。这首诗悲的是战争，是人类，还是不可控的命运和人性之殇。而从中折射出来的悲悯与同情正是这首诗柔软与感人之处，更是这首诗的格调和美。（吉狄马加）

一只羊羔滚落下来

/赵亚东

在乌孙山的南坡，风吹着它们雪白的脊背
和满含热泪的眼睛

只有我专心地看着它们
想呼唤它们的小名
可是还没等开口，一只羊羔
从山坡滚落下来，后面跟着它年迈的母亲

选自《诗刊》2019年5月上半月刊“方阵”栏目

——评鉴与感悟

赵亚东这几年越加惜字如金，写乌孙山，这么大的场景，他只用了六行，将那么多人和事抖搂在读者面前。诗歌虽短，却气象万千，有“乌孙山的南坡”“雪白的脊背”，有“山坡上滚落的羊羔”“年迈的母亲”，而这些看似旁不相干的事物，诗人用一句“只有我专心地看着它们/想呼唤它们的小名”，就毫不费力地把这些事物紧紧联系到一起。之间不仅有矛盾的起伏，情感的冲突，而且母亲的出现，让整首诗立即有了灵魂和味觉。回过头再读，我们就不难理解，那双“满含热泪的眼睛”里，蕴藏着多少亲情了。（崔友）

凤凰独舞

/郑泽鸿

凤凰剧院门口
我看见一位老者
沐浴晨光兀自舞蹈
大巴和汽车是观众
它们静靠身旁，不能给予掌声

她的热情充溢初秋的气息
身上的律动熔铸生的力量
让人相信
一个人的广场舞
也可以使浮躁的人间
让出一片天地

选自《福建文学》2019年第4期

在很长一段时间内，我一直认为对诗歌写作的练习，不可规避对多线叙述的关注和掌握；只有以丰富叙事和意象群构建而来的诗作，才能给创作者以一种技术上的安全感。然而，诗的本质是情怀，在去除了技术层面的羁绊之后，一首好的诗歌最终还要回归这一本体。《凤凰独舞》就是这样的一首作品，它以突出一个场景，剔除了周围环境的干扰，对叙述结构做了一次删繁就简的处理；在这一场景内，作者与独舞者以某种通过观察而形成的语言相互交流，表达出一个人身上所蕴藏着的热情、专注的火焰，足以对抗浮躁人世的寒冬。于独舞者是这样，于一个将诗歌视为信仰的人亦然。（年微漾）

西部天空的纸鸢

/周粟

从乌鲁木齐到岳阳
绿皮火车给出的答案是
两天两夜，姑姑
五年才能回来一次
年轻时，姑姑投奔了
在新疆支边的姑父
住地质队的地窝子
娃娃们是戈壁滩放养的
祖父祖母过世，都没见上一面
异乡的清明，姑姑
总是把祖宗请出来
敬上纸烟、鸡蛋糕和茉莉花茶
陪着他们说说话
多少年，西部天空的纸鸢
扯得祖父祖母心疼
而从岳阳到乌鲁木齐

火车给出的答案同样是两天两夜

选自中国诗歌网“每日好诗”

评鉴与感悟

《西部天空的纸鸢》是亲人之间的异地生死牵挂，那种情愫弥漫开去，撩人魂魄。距离远近不是一个事，距离远近也是一个事，空间可以把思念稀释，也可以把思念酿稠。“从乌鲁木齐到岳阳/绿皮火车给出的答案是/两天两夜，姑姑/五年才能回来一次……而从岳阳到乌鲁木齐/火车给出的答案同样是两天两夜。”这些句子写得非常质朴，甚至没有一点点讨巧，原生态的思念，就应该这么写。开头的长句子和结尾的长句子，只有词语的腾挪和互相置换，却是诗眼，是诗心，写得高明而接地气。这首诗让我读得热泪盈眶，任何理论的诠释和解构都是多余的。漂泊和离殇，对于不同的人有不同的遭遇，每个游子对故乡对亲人的思念是有共性的。今年清明节，我在海南漂泊，对天堂母亲的思念曾让我泪流成河……语词是一个结晶体，对于有伤的读书人，只有诗语和诗行聚集一种自我拯救的力量。我的梦呓时常会被误作思想，我的童年只就跟这诗行中所描述的一样：是戈壁滩放养的，正是这样的放养，让我们愈挫愈勇，向新的精神高地出发。《西部天空的纸鸢》是一首难得的乡土诗。（朱必松）

宝　儿

/周玲

昨夜你说洗衣服和音乐更配
我忽然轻笑，宝儿
我开始想象你手搓衣衫的笨拙与欢欣
想象你的吉他搁在门边，海风正轻轻触碰琴弦

“怎么大风越狠我心越荡”
这是你磁性的歌声，它总在暗夜里潜出
让我陷于更深的沉默与忧患
宝儿，你肯定不知道
在我们的小城，这个春天的悲欢总在汹涌而至
雨水如赶集，时而绵密，时而滂沱
我们的湖边，高涨的湖水抹去所有去路
太多时候我已无处安栖

宝儿，你仰头的姿势真美，我总是看不够
白色花架下，三角梅在你头顶倾泻如瀑
风吹动发际，空气甘甜，美好的时光仿佛就此停顿

宝儿，当你呼吸到湿漉漉的空气时
请记得一定要放慢脚步
让内心柔软些，再柔软些
你要把这世间欢喜的事物爱得比生命更长久

选自《诗刊》2019年5月号下半月刊

评鉴与感悟

母亲对孩子的爱最深沉，最透彻，这一点周玲的诗歌就是佐证。她从漂泊在外的宝儿洗衣服开始写起，有心疼，也有“海风正轻轻触碰琴弦”的赞美。思子心切，母亲和孩子谈起自己的忧虑：“雨水如赶集，时而绵密，时而滂沱/我们的湖边，高涨的湖水抹去所有去路/太多时候我已无处安栖”这种处境，是城市里“春天的悲欢”。但是，说出的目的是希望孩子不要像自己“陷于更深的沉默与忧患”，而是希望自己的宝儿，能在三角梅倾泻如瀑的日子里，体会“风吹动发际，空气甘甜”的意境，用心去感受生活中所有温软的东西，用爱去捕捉爱，感应爱。只有这样，才能“把这世间欢喜的事物爱得比生命更长久”。诗歌意境美，语言美，隐藏在诗意之内的母爱之情，余音袅袅，令人钦佩。（崔友）

那一年

/周维强

那一年，村子里的一个小女孩
溺水去世了。
她要淌过那条河，去看她的奶奶
她被捞上来时，肚子圆鼓鼓的
那时，我刚放学回来
心里惦记着老师布置的家庭作业
她的母亲，姑妈号啕大哭
她的父亲扛来一口锅，将锅底朝天
孩子趴在锅上面，一口一口地吐水
她最终没有活过来
父亲和母亲晚上一直在讨论这件事，严令
我和弟弟不许玩水。尽管后来
我们偷偷地下河洗澡，有两次，差点淹死
那个傍晚，她的母亲一直在哭
后来，她被埋在哪里，我就不知道了
她的母亲又领养了一个女孩
那一年，我的数学成绩很烂，语文刚刚及格

那一年，是哪一年我记不清了
但她的母亲一直记得，
那个傍晚的哭声，我一直记得

选自《江南诗》2019年第4期“新星空”栏目

评鉴与感悟

发生于童年时期的“死亡”体验，称得上是生命的一种“震惊”体验。神秘、恐惧、戏剧化、禁忌等情感经验，都因此在生命中第一次被集中激发，难忘却又难以理解，被吸引却又因畏惧退缩。《那一年》这首诗书写了许多人都曾有的生命最初关于“死亡”的观看和体验。在诗中，面对“死亡”，两个女性号啕大哭，一个高强度的情感世界在“我”面前呈现。女孩父亲把女孩放在朝天的锅底上，试图排出体内的积水，这是“我”对人们应对“死亡”的地方经验的体认。回到家里，父母的告诫，又让人对自然的神秘力量感到畏惧，但好奇心和勇气，似乎又克服了它。“她被埋在哪里”，“又领养的一个女孩”，很可能都因为“死亡”的发生而成为村庄的一个禁忌。诗人的叙述冷静、克制，但却牵动肺腑。（梁小静）

水

/周宗飞

谁说水总往低处走?
在树木内部，它是往上走的
一直走成花朵与果实的模样
成为万众瞩目的风景

选自台湾《创世纪》诗杂志2019年第9期

评鉴与感悟

“水”在生活中是再平常不过了，诗人却独辟蹊径，赋予多重寓意：一是现实层面的，卑微如水，多半只能按照常识往低处流，而且一低再低；二是心灵层面的，她要追求自我价值，她要找到生命的依托，活出生命的精彩。诗歌还寓意着，环境和事物往往会改变命运的走向。诗歌以反问开头，短小精悍，口语通俗，内涵却很丰富，让人浮想，不失为一首好诗。(林典铇)

世界的玫瑰

/朱涛

翅膀飞走了
半个身子在挣扎

红玫瑰，黄玫瑰，白玫瑰终将染成压箱的紫玫瑰。与
熟透的骨灰

结盟
护航天空

选自“腾讯网·封面新闻”2019年8月27日

评鉴与感悟

惊喜、惊讶、惊异、惊险，是我对朱涛文字认知的开始。这四个惊，无非是他词汇配合的“离经叛道”，经典意象的层出不穷，上承下转的大胆跳跃，也因为此，他的作品一开始就给我视觉和心理上造成强烈的冲击力。

总有一些东西在远离人类，文明、生命、自性、意志、自由，或许是证明个体存在的隐秘，或许是悲天悯人的情怀，徒留挣扎的是人类，是作为人类的整体孤单。是的，“翅膀飞走了/半个身子在挣扎”，一种惊异的场景让你陷入深深的思考。种种美好终究会化为沉实或乌有，但我还是惊讶于“熟透的骨灰”，一种惨然的感念，一种必有的结果，一种无喜无悲的超然。铺陈至此，作者在用悲情确认无奈后，并没有放弃，而是期寄更高的驾驭，“结盟/护航天空”，或许，这正是准确无误的希望。（见君）

金银木
——致保罗·策兰

/子禾

它在那里等着我细滑的芬芳游弋
尖锐的，乳白的
足以为它选择任意美的名字

红色的果实闪烁
冬之火核

最高的轻灵
聚会的落木之琴
献给你

你在那里等着我
秋叶落地

选自《江南诗》2019年第5期

评鉴与感悟

子禾的这首诗是向策兰的致敬，因此在诗的形式上也有向策兰诗歌特点靠近的意图，句式长短对比产生的节奏感，凝练意象带来的简洁画面，都是极致营造的结果。金银木是种灌木，经常作为园林绿化的树种出现在我们身边，在这首诗里，它的植物特征其实并不重要，重要的是它与我们之间的关系，由此它才对我们构成了一种象征。它的象征在诗歌中表现出了两种属性，一种是极致之美的属性，暗含它与我们具有的亲近，这是诗歌第一节呈现的；另一种是崇高的属性，以“最高的轻灵”，从我们的生活中超越出来。这两种属性之间，是由“红色的果实闪烁/冬之火核”进行连接的，它让我们看到某种抽象的精神意志，转化为具有情感体验、形象化的事物呈现出来。这是诗的无尽神秘。(楼河)

唯有逛荡

/左小词

这样的夜晚，和更多的时候
没有什么不同
我还是习惯看自己和黑色团在身体里
如果有藤蔓，或者没有名头的树苗
使劲摇动，那也只是不经过世间认领的
灵魂，逛荡
啊，是的，逛荡

从这样的夜晚，到长江路口
万物卷曲
下滑的雾霾
什么也不能够更加清晰

唯有逛荡，是的
逛荡
像用了三十多年不曾松口的证供

选自左小词博客2019年4月20日

人生总有个挂念，可以叫隔，可以叫块垒，可以叫郁结，可以叫气滞，但这都是经验之内的。而左小词的这个挂念是经验之外的，似乎是一种灵魂的不安，是一种对人类生存际遇的担忧，她把这叫作逛荡。

单调会毁灭人的冲动、激情和创造力，所以，上帝创造了多彩而复杂的人类生活，比如有了四季，比如有了昼夜，比如有了雨雪。但这些“复杂”对于已有长期生存的经验而言，已经变得简单了，变得无奈了，已触及不了灵魂了。所以，左小词在《唯有逛荡》这首诗中说：“这样的夜晚，和更多的时候/没有什么不同。”

只有她在把自己和黑暗团在身体里的时候，才会长出思维的藤蔓或树苗，即使使劲摇晃这些藤蔓或树苗，也不过能摇晃出来灵魂来。这些灵魂，是的，来来回回地逛荡着，她纠结于经验之外的“逛荡”和“逛荡”所到之处的不明。（见君）

声　明

本套“北岳·中国文学年选系列丛书”收录了2019年度众多优秀文学作品及文化时评类文章。在编选过程中，我们及各选本主编已尽力与大多数作者取得了联系，但仍有部分作者因故未能取得联系。见此声明，烦请来电，以便奉送薄酬及样书。

联系人：王朝军

电　话：0351—5628691